眠り屋羊は狼貴公子の閨で恋をする

Nemuriya-hitsujiha Ookami-kikoushino Neyade Koiwosuru

「君が好きだよ、メロウ」

角の根元に唇を寄せ、オリヴェルは言った。愛を告げる言葉はシンプルだが、その奥に身を焦がすほどの熱量が込められている。

眠《ねむ》り屋《や》羊《ひつじ》は狼《おおかみ》貴《き》公《こう》子《し》の閨《ねや》で恋《こい》をする

村《むら》崎《さき》 樹《たつる》

ILLUSTRATION：小《こ》禄《ろく》

眠り屋羊は狼貴公子の閨で恋をする

LYNX ROMANCE

CONTENTS

眠り屋羊は狼貴公子の闇で恋をする

世界で一番心地よいまどろみを、メロウ・アーネルはよく知っている。

ふかふかのベッドに身を横たえて、優しい声で本の読み聞かせをしてもらい、もっと物語の先が知りたい、でももうまぶたが重い……と葛藤《かっとう》しながら落ちる眠りだ。

二年前に他界した祖父の跡を継ぎ、ふた月前に〈眠り屋〉を開業したメロウは、その至福の眠りを届けるために膝《ひざ》の上に載せた『まどろみの書』に目を走らせていた。照明を落とした寝室で、ベッド脇に置いた丸椅子《いす》に腰かけ、ランプに灯《とも》した火を頼りに古いインクで記された文字を読み上げる。

「月は白銀の砂糖をまぶして輝き、星は黄金の蜜をまとって月に寄り添います。あなたを浸《ひた》す夜は優しい漣《さざなみ》となって、深く、深く、夢の中へと誘うのです」

背幅が指三本分もあるまどろみの書は、メロウにとって大切な商売道具だ。十五分程度で読み終わる物語が約五十種類掲載されているその本は、一目見ただけでは一般的な児童書と大差ない。

けれどひとたび〈眠りの魔法使い〉が読み始めると、記された文字が術者の声に乗って魔力を持ち、傍《かたわ》らで聞いている者にぬるま湯の中をたゆたうような眠気を与える。対象者がすでに孫を持つ歳の大人であっても、夢物語を馬鹿らしいと考える偏屈《へんくつ》な性格だとしても、百発百中で。

それが眠り屋という職業なのだから……、と、メロウはサイドテーブルに置いていた『癒《いや》しのベル』を持ち上げた。種族の中では平均的な、獣人全体で見れば小柄で華奢《きゃしゃ》な体を包む黒のスラックスとベスト、白いシャツにクロスタイを締めた服装は、尊敬する師である祖父の仕事着を真似たものだ。

慎重にハンドルを揺らすと、リーン、という優しい音色《ねいろ》が寝室に響き渡った。

「おやすみなさい。良い夢を」

囁《ささや》くような声音《こわね》で告げたメロウは、そっとまどろみの書を閉じた。あとは玄関から退室して事前に渡された鍵で施錠を済ませ、ポスト内に鍵を入れておけば今夜の業務は終了だ。

仕事をやりきった充足感でメロウは細く息を吐いた。その直後、ベッドに身を横たえていたサリアン夫人と視線がぶつかる。六十代半《なか》ばのサリアン夫人は、フリル付きのナイトキャップから覗《のぞ》く小さなカバ耳を伏せ、おずおずと口を開いた。

「あの……、ごめんなさいね。まだ眠れていないのだけど……」

「えっ、え、え……あれっ⁉」

焦りのあまり声を裏返らせたメロウの、癖《くせ》のあるプラチナブロンドの髪の中で、楕円形の獣耳がぴょこりと跳ねた。獣耳のすぐ後ろから生えた角はくるりと円を描いている。チョコレート色の艶《つや》やかな虹彩《こうさい》が特徴の目は大きく、いささか幼げな面立ちながらも、一応はもう結婚もできる年齢だ。

メロウたちヒツジ族は、成人を迎えた者のみ角を伸ばすことが許されている。先日十八歳になった青年のメロウも、大人の仲間入りを果たした二年前から角を伸ばし始めていた。

「あっ、えーっと、ええっと……、じゃあ最初からもう一度魔法をかけ直しましょうか？　今度は違うお話を読んでみようかな。この間成功したのってどのページだったっけ」

なんとか笑顔で取り繕《つくろ》おうとするが、わたわたとまどろみの書を捲《めく》る手は落ち着きがなく、動揺のあまり内容がまるで頭に入ってこない。

そんなメロウの焦りを見透かしたらしく、サリアン夫人は苦笑を浮かべ首を横に振った。

「大丈夫よ。この間いただいたハーブティーがあるじゃない？　ローズを中心にブレンドしてもらった……あれ、とても良かったわ。リラックスしてよく眠れたから、またいただいても良いかしら？」

トランクケースに詰めてきたハーブのおかげで難を逃れそうだと、メロウはほっと胸を撫《な》で下ろす。

「はい、もちろん！」

と明るく答えるが、一方で、眠りの魔法によって依頼主に安眠を届ける……という眠り屋本来の仕事をまっとうできていない自分を情けなく思った。

茶葉を一週間分準備したメロウは、「ではまた来週の木曜、二十時に伺《うかが》います」と次回予約を取りつけて、サリアン夫人の家をあとにした。

「あーあ……、また失敗しちゃったよ。今日こそサリアン夫人をスムーズに眠らせてあげようって意気込んでたのになあ」

羊耳をへにゃりと垂《た》らし、メロウは住宅街を歩きながら盛大な溜め息を漏らした。水路に沿って延びる石畳の道の両側には街灯が並ぶ。ガラス製の火屋の中では煌々《こうこう》とした炎が揺れるが、メロウの心の淵《ふち》までは照らしてくれないらしい。

がっくりと肩を落とすメロウのすぐ横を、反対側から歩いてきた三人組が通り過ぎていく。

大きな獣耳を垂らしてのしのしと歩くゾウ族、白黒の特徴的な獣耳を生やしたウシ族、スカートの臀部《でんぶ》に空いた穴から丸い尻尾《しっぽ》を出したウサギ族の女子たちは、ワッフルを片手にキャッキャッとはしゃいだ声をあげた。四月の上旬に広場で行われる春のナイトマーケットにでも行ってきたのだろう。

地方出身者が多いこの街には多種多様な種族の獣人が住んでいる。

獣人――それは、かつて〈人間〉と呼ばれていた者の体に、獣耳や尻尾といった動物の特徴を残した生物の総称だ。

住処《すみか》を追われた動物が人間に姿を変えて人里で暮らすようになり、人間と恋に落ちたことで人間と動物の両方の要素を持つ獣人が生まれた……というのが、獣人誕生の起源だと言われている。もっとも、すっかり獣人社会となった現代では、本当に〈人間〉と呼ばれる生き物がいたのかすら怪しまれているのだが。

――すべての獣人に、平等で幸福な眠りを届ける。

祖父が現役時代に掲げていた信念を引き継ぎ、メロウが商業都市・ファラベルバルの東地区に引っ越してきたのは今から二ヵ月前だ。より多くの獣人を癒すための決断だったが、野と山と畑が延々と続く田舎《いなか》町で生まれ育ったメロウは、彩り豊かなこの街に一目で惚れ込んでしまった。

建ち並ぶ家々は、鮮やかな白や黄色の壁にオレンジ色のレンガ屋根が載っている。一年を通してあまり寒暖差がない穏《おだ》やかな気候で、行儀良く並んだ出窓や街灯の足元に設置されたプランターには美しい花が溢《あふ》れていた。涼しげな水音を立てる水路は、朝日を浴びたときと夕日を浴びたときでそれぞれ違う輝き方を見せる。

開業場所を決めるため、ファラベルバルに下見にやってきた際、メロウは初めて目にする色や形の獣耳を生やした獣人たちの多さに呆気《あっけ》に取られた。故郷の町で見かけるのは、ヒツジ族・ヤギ族・ニワトリ族くらいだったからだ。

都会の空気に気圧《けお》されつつも、獣人でごった返す光景を前に、メロウは「僕がこのひとたちの癒しになるんだ」と情熱を燃やした。

（それがまさか、たった二ヵ月で苦境に立たされるなんて……）

力なく見上げた街灯の火は、点火されてからもう三ヵ月も燃え続けていた。火の精霊・サラマンダーを遠縁に持つ、トカゲ族の〈火の魔法使い〉が術を施《ほどこ》しているのだ。

獣人の中には魔法使いの素質を持つ者がいて、彼らはその能力を活《い》かして働いていた。

かつて人間のために車を引いていたというウマ族は、車を動かす魔法を使い乗合馬車屋を営んでいる。ウシ族やヤギ族は水に魔法を混ぜ込み、ミルクと呼ばれる飲み物を生み出し販売していた。

メロウたちヒツジ族の中には眠りの魔法使いが一定数いた。獣人の六割を占める草食獣は繊細《せんさい》な気質の者が多く、募《つの》った不安が不眠症状として表れやすい。睡眠不足によって体調を崩すと、とある事態を招く可能性があるため、不眠が深刻化する前に眠り屋を頼るのが一般的だった。

自分の孫にも術者としての素質があると見抜いた祖父は、七歳のときからメロウに魔法の手ほどきをしてくれた。メロウがまどろみの書を読むと、五人の弟や妹も、隣の家のおじさんも、畑の手伝いに来てくれるおばさんも、たちまち睡魔に襲われぐっすり眠りに就《つ》いていた。

腰を患《わずら》って依頼主の家を訪問できなくなった祖父に代わり、彼が亡くなる一年前からはメロウが地元住民に眠りの魔法を施していた。だからきっと、大きな街で独り立ちしても問題なくやっていけると……そう思っていた。

クリームと果物をたっぷり挟んだワッフルを見たせいか、ぎゅるぎゅるっと腹の虫が鳴き出した。頰《ほお》に熱を上《のぼ》らせたメロウは、慌《あわ》ててベストの上に手を置く。

「ううっ……。仕事の前に夕飯を食べてきたけど、やっぱりオニオングラタンスープだけじゃ足りないよなあ」

開業当初は、ファラベルバルに初めてできた眠り屋を多くの草食獣が訪れた。けれど田舎ではうまく使えていたはずの魔法は、生活の拠点を変えた途端にどうしてか失敗続きとなった。一人、また一人と客足が遠のき、今でも定期的に依頼してくれるのはサリアン夫人を含めてたったの四人。

地道に貯めた独立資金も底をつきかけていて、正直に言えばこのままでは暮らしていけない。かといって、「やっぱり僕には無理だった」などとのこのこ田舎に帰るわけにはいかなかった。

（父さんもばあちゃんも、弟や妹も、最後まで渋っていた母さんだって、地元を発《た》つ頃には「立派な眠り屋になるのよ」って応援してくれたんだ。偉大な魔法使いだったじいちゃんの後継者として、簡単に投げ出すわけにはいかないもんな）

ぐっと拳《こぶし》を握り込んだメロウは、消えかけていた闘志を燃やして顔を上げた。スラックスの臀部から覗く、白い羊毛をまとった短い尾をぷるぷると左右に振る。羊は心が躍ると自然と尻尾が揺れるので、体を先に動かせば逆説的に気持ちも前向きになるのではないか、と思って始めたおまじないだ。

くじけそうになったとき、メロウはいつもこうやって己を奮い立たせている。

「よーっし、家に帰ったら今日の魔法の反省会をするぞ！　どの章ならサリアン夫人に効くのか、来週までに考えなきゃだ」

　声に出して気合いを入れ直し、メロウは石畳の上を力強く歩いて店舗《てんぽ》兼自宅を目指した。田舎町を離れたときのことを思い出したせいか、ふいに母の言葉が頭を過《よぎ》る。

『あなたの志《こころざし》は立派よ。でもね、メロウ。都会には危険な種族も住んでいることを忘れないで』

　ふた月前、大荷物を抱えたメロウがファラベルバルに向かう乗合馬車を待つ中、すぐ横に並んだ母は真剣な面持ちで語った。

『肉食獣には決して近づいちゃ駄目よ。彼らの祖先はかつて草食獣を捕食していたのだから。いくら獣人になる過程で平和協定が結ばれたからって、本能に刷り込まれた食欲には勝てないはずだもの』

　それは幼少期から母に口酸っぱく言われてきた教えだった。地方に住む者ほど肉食獣を忌《い》み嫌う傾向にあり、メロウは内心「この町にいたら肉食獣となんて出会いようがないのに」と考えていた。

　地元にいた頃は一切接点のなかったその種族は、今は絶えずせせらぎの音を立てる水路の先にいる。

　様々な獣人が住むファラベルバルは、水路によって五つの地区に分かれていた。東西南北の四地区に平民である草食獣が住んでいるのに対し、肉食獣の居住地は中央地区に集中している。領主である伯爵、グスタフ・バリエンフェルトを始めとする、上流階級ばかりが住む区域に。

眠り屋に思いがけない客がやってきたのは、それから三日後のことだった。

カモミールとレモングラスの香りに満ちた店で、メロウは一枚板のテーブルにまどろみの書を広げ、読み聞かせの練習に励んでいた。窓からは午後の陽光が差し、店内を明るく照らす。赤茶のレンガ造りの店は、こぢんまりとしているものの不思議と心落ち着く佇《たたず》まいだった。

壁掛けの振り子時計は十五時を指している。ハーブ入りの瓶《びん》が並ぶ棚に目を向け、新しいブレンドでも試してみようかとメロウが腰を上げたとき、カランカランと入店を知らせるベルの音が鳴った。

ウォルナット製の扉が開き、隙間から一人の男性が姿を見せる。

モノクルで目許《めもと》を飾った涼しげな顔立ちの彼は、黒の燕尾服《えんびふく》を身にまとい、癖のない長髪を首の後ろで束ねていた。年齢は二十代半ばといったところだろうか。頭部に生えた立派な角と茶色の獣耳からシカ族であることがうかがえる。

メロウと視線が合うと、シカ族の彼は優雅な所作で会釈《えしゃく》した。

「東地区にできた眠り屋というのは、こちらのお店で間違いないでしょうか」

明らかに近隣住民とは異なる雰囲気を漂わせる彼に呆《ほう》けていたメロウだが、新規のお客さんだ！と認識するとすぐに背筋を伸ばした。彼の前に移動すると渾身の営業スマイルを見せる。

「はいっ。ふた月前から〈眠り屋・メロウ〉を営んでいる、メロウ・アーネルと言います」

「アーネル様ですね。わたくしはイェリク・ホルムと申します。本日はわたくしが執事を務める屋敷の主《あるじ》が、三ヵ月前から睡眠についての悩みを抱えている件でご相談に伺いました」

生活のためにもなんとしてでも依頼を取りつけねば、と息巻いていたメロウだが、イェリクの返答には戸惑いを隠せなかった。

「えっ……、さ、三ヵ月前ですか？」

　眠り屋はいわゆる民間療法の一種であり、不眠の症状が表れてから一週間ほどで相談に来る依頼主が大多数だった。数ヵ月も続く睡眠障害の場合、眠り屋ではなく医師に診《み》てもらうよう勧めている。自分の元に通った結果、健康を取り戻すまでに時間を要してしまうのは本意ではない。

　メロウは正直に説明したが、イェリクは残念そうに首を横に振った。

「医者にはすでに通っており、睡眠薬を処方していただきました。しかしどの薬もある程度の期間が過ぎると体が慣れるようで、効き目が薄れてしまうのです。主はもう随分と長い期間まともに眠れておらず、いつ獣返りが起こってもおかしくありません」

　固い面持ちで語られた「獣返り」の言葉に、メロウも神妙な面持ちで頷《うなず》いた。獣人は心身の負荷が強まると動物の姿に退化する獣返りを起こしてしまうのだ。

　獣返りは動物の本能を制御《せいぎょ》できていない姿と言われ、獣人にとって恥とされている。執事を雇うような家の主人であればなおのこと、獣返りが原因で仕事に穴を開ける事態は避けたいだろう。

（そんな重度の不眠が、僕の手に負えるとは思えないけど……）

　眠り屋を開業してからの体《てい》たらくを思うと気後《きおく》れする。けれどそれと同じくらい手を差し伸べてやりたい気持ちもあった。平民である草食獣が事業で大成した話は聞いたことがなく、相当な努力を重ねたのであろうイェリクの主人に興味が湧《わ》いていたからだ。

獣人の六割近くいる草食獣はその大半が平民だ。残りの四割のうち半分が雑食獣で、爵位持ちの貴族を始めとした上流階級は、獣人の二割しかいない肉食獣が大多数を占めていた。

かつて捕食される側であった草食獣は臆病で繊細な気質を持ち、闘争心よりも助け合いの精神が強く働くと言われている。対照的に、捕食する側の肉食獣は我《が》の強い野心家が多い。彼らは競争心の強さから商才に長《た》け、他の種族に比べ圧倒的な財力を持っていた。

手先が器用な草食獣は魔力を練ることを得意とするため、魔法使いを輩出する家系はほとんどが草食獣だ。しかしそれを商売にするのはやはり肉食獣のほうが上手で、肉食獣が管理する工場に勤め、魔法による合成物を生み出して賃金を得る草食獣もいる。

とはいえ両者の心の距離は近いとは言えず、少なくともメロウが今まで出会った草食獣たちは皆、肉食獣を「傲慢《ごうまん》で野蛮な奴ら」と言って疎《うと》んでいた。肉食獣もまた草食獣を「行動力のない臆病者」と見下していると聞く。

イェリクは執事として主人の家に住み込みで働いているのだという。毛嫌いしている種族と一つ屋根の下で暮らすことは難しいはずなので、イェリクの主人はまず間違いなく草食獣だろう。

「お願いします、アーネル様。わたくしたち一同は、我が主の健康を心から案じているのです」

心配そうに表情を曇らせるイェリクに、依頼主に会ったことがないメロウまで胸が痛んだ。魔法の効果に不安が残るのは確かだが、サリアン夫人のようにハーブティーによって安らぎを得る場合もある。眠り屋としては半人前の自分でもなにか役に立てるかもしれない。

「分かりました！　僕で良ければお引き受けします。すべての獣人に平等で幸福な眠りを届けるのが、眠り屋の使命ですから」

　力強く頷いたメロウは、そう言って表情を引きしめた。


　まどろみの書と癒しのベル、数種類のハーブをトランクケースに詰め込んだメロウは、イェリクとともに早速依頼主の元へ向かった。

　不眠の症状が重い場合、まずは短時間の昼寝から試すケースは珍しくない。今日は眠れるだろうか……という不安から、夜にベッドに入ること自体がプレッシャーになっている依頼主もいるからだ。

　徒歩での移動の予定でいたメロウは、重たい扉を押し開けた瞬間、店の前に立派な馬車が停《と》まっていることに気づきぎょっとした。

　船底型の四輪馬車は折りたたみ式の幌《ほろ》がついていて、ダークブラウンの車体がシンプルながら上品だ。御者《ぎょしゃ》席に座るのは帽子から黒い髪と獣耳を覗かせるウマ族の青年で、メロウと目が合うと無表情のままぺこりと頭を下げた。イェリクと違い、あまり感情表現をしない獣人らしい。

　乗合馬車ならまだしも、個人が所有する馬車など東地区では滅多に見ないため、通りを歩く獣人たちが物珍しげな視線を寄越していた。焦るメロウに「さあ参りましょう」とイェリクが涼しい顔で声をかけ、二人は馬車へと乗り込んだ。

イェリクと向かい合って腰を下ろすと、御者が魔法を使ったらしく、ややあって馬車が動き出した。

窓の外を様々な店がゆっくりと流れていく様は、もう随分と見慣れた景色なのに不思議と新鮮に感じる。乗合馬車と比べると車体の揺れも少なく座面はふかふかで、乗り心地の良さは段違いだ。

初めて乗る個人用馬車を楽しんでいたメロウは、馬車が住宅地を離れたところで「あれ？」と首を傾《かし》げた。窓の外には赤い実をつけた果樹が多く見える。

「今走ってるのって果樹園通りですよね？　この先にお屋敷があるんですか？」

果樹園通りは、水路で円形に囲まれた中央地区の手前にある、東西南北の地区に跨《また》がる区域だ。生活区域を中央地区から極力離したい……と考える草食獣によって作られたため、緑が茂りたわわに実がなる美しい場所なのに、管理する農家以外はほとんど立ち入る者がいない。

「ええ。我が主の屋敷は中央地区にございますので」

窓の外に視線を向けたままイェリクは告げた。その口調がとても自然な、ごく当たり前という調子だったので、メロウは言われた内容を理解するまでに少々時間を要した。

「えっ？　ご依頼主様って一体なんの種族の……」

尋ねようとしたタイミングで車体がガタンと揺れ、メロウは舌を噛《か》まないよう慌てて口を噤《つぐ》んだ。外を見れば、馬車は石畳の道を抜けてレンガ造りの橋に突入していた。

（へ？　え、うそ？　僕たち、中央地区に入ろうとしてる？）

混乱する間にも馬車は迷いなく進んでいき、呆気なく橋を渡りきってしまう。そこからはもう、東地区とはまるで異なる景色が広がっていた。

アーチ開口を施した洒落《しゃれ》た家、豪勢な薔薇《ばら》の生垣で囲った家、赤茶の壁に黒の扉を配置した重厚感溢れる家……。そのどれもが東地区の一般的な住宅の四軒分はあろうかという大きさだ。己の財力を誇示するような佇まいから、高級住宅街と呼ばれる場所だと分かる。

間もなくして馬車は繁華街に入ったが、店の規模も草食獣が営むものとは比べものにならなかった。目立つ場所に居《きょ》を構えるレストランも初めて見る大きさで、一体何階まであるのかと思わず窓の数を数えてしまった。金色の装飾が施された突き出し看板や、シャープな印象のアイアン看板が並び、どの店も格式の高さを感じさせる。気軽に立ち寄れる東地区の商店とは大違いだ。

けれどなによりもメロウを圧倒したのは、通りを歩く獣人たちだった。

赤地に金色の刺繍《ししゅう》が施されたジャケットを着ているのは、雄々《おお》しいたてがみを持つライオン族だ。紫色のドレスから斑点《はんてん》が描かれた長い尻尾を垂らしている女性はヒョウ族だろう。彼らより小柄ながら、ギラギラした目で辺りを見回す男性はハイエナ族に違いない。

「恐ろしい種族だから万が一遭遇《そうぐう》したらすぐに逃げるように」と、母が古い動物図鑑を開いてメロウたち兄妹に言い聞かせていたことを思い出す。

硬直するメロウの目の前で、とある店からクマ族の男性がのっそりと現れた。肩に担《かつ》いだ麻袋には「疑似肉」と印字され、店の看板には豚のシルエットが描かれている。目と鼻の先にいる大柄な獣人が鋭い牙で豚に噛みつく姿を想像し、メロウは真冬の水路に落とされたかのように顔面蒼白になった。

草食獣の魔法使いの中には、かつて人間によって奪われていたものによく似たものを生み出す者がいる。例えばウサギ族が作るファーと呼ばれる合成毛皮や、ウシ族やウマ族が作るレザーと呼ばれる合成皮革《ひかく》。それからブタ族やニワトリ族、ネズミ族が生み出す疑似肉だ。

対等に生きる獣人として、草食獣の捕食という野蛮な行為はやめよう。そういった理想を掲げながらも、うっかり獣返りをした草食獣を前にすると肉食獣は自我を保てず、自らも本能のまま獣返りをして草食獣を襲ってしまう。そんな凄惨《せいさん》な事件も大昔には起きていた。いくら穀物や野菜で腹を膨《ふく》れさせても、動物の肉を喰《く》いたいという本能を満たせない期間が続くと捕食欲求がよみがえってしまう。

肉食獣としての本能をなんとか抑《おさ》え込めないものか、と皆が頭を悩ませた末に、いくつかの種族の魔法使いが疑似肉を生み出すことに成功した。日常的に疑似肉を摂取した結果、捕食欲求は満たされ、肉食獣が草食獣を襲う事件を耳にすることはなくなった。

こうして、無事肉食獣と草食獣の平和協定が結ばれるに至ったのだ。

疑似肉が誕生したのは今から二〇〇年近く昔の話だ。現在ではもう草食獣を襲う肉食獣はいない……と一般的には言われている。けれどその件について草食獣は懐疑的だった。

『各地の領主は肉食獣揃いだもの。捕食事件が起こっていたとしても、草食獣による内乱を起こしかねないからと事実を揉み消してたっておかしくないわ』

草食獣の行方不明事件が新聞に載った日は、母はいつも険《けわ》しい顔でそう語っていた。母だけでなく、ファラベルバルに来てからも街の食堂で同じような噂《うわさ》を耳にすることがままある。

証拠があるわけでもなく、被害妄想に近い内容なのだが——実際、肉食獣による連れ去りではなくただの家出である場合が大半だ——肉食獣への不信感はいまだ草食獣の中に強く根づいていた。

窓の縁《ふち》にかけた手や、血の気を失った唇が細かく震えた。母からは口酸っぱく忠告されていたものの、メロウ自身は肉食獣の存在を別段意識して生きてきたわけではない。それでもやはり、危険なものとして教わってきた種族を目の前にすると、本能的な恐怖で身が竦《すく》んだ。

「もうすぐ到着いたします」

メロウの異変に気づいていないのか、イェリクは淡々とした調子で告げた。家に帰りたい、と駄々をこねたくなる気持ちに必死に蓋《ふた》をして、メロウは窓の外から視線を引き剝《は》がす。トランクケースをぎゅっと抱きしめ、パニックになりそうな自分を懸命に落ち着かせた。

（大丈夫。イェリクさんや御者さん、それに今から会う依頼主だって、草食獣なのに中央地区で問題なく暮らせてるんだ。噂はただの噂……平和協定はきちんと機能してるってことでしょ）

尻尾をぷるぷると左右に振るおまじないで、なんとか気持ちを前向きにする。深呼吸を繰り返すうちに馬車が速度を落としていき、やがて停車した。イェリクに促《うなが》されて下車したメロウは、目の前の景色に息を飲んだ。

メロウの周囲には、イベリスやストック、ムスカリといった花をすべて白で揃えたホワイトガーデンが広がっていた。うららかな陽光を浴びた白い花びらは美しく、甘い香りを漂わせる。

中央を通るアイボリーの石畳は円形の広場に繋《つな》がっていて、噴水が午後の日差しを浴びながら水飛《みずしぶ》沫《き》を上げている。その前に建つのは、中央地区に入ってから見たどの建物よりも遥かに大きい、贅《ぜい》を尽くした屋敷だ。

　メインとなる建物を中心に複数の棟《むね》が連なる邸宅は、広場に沿って弧を描く形になっていた。ベージュの石造りの壁は角の部分にのみ白い石が使われ、縦に線を引いたかのようなデザインに遊び心を感じる。落ち着いた青色の三角屋根の下には縦長窓が並び、光を反射して明るく輝いていた。

　年少の妹が好む絵本の、王子様が暮らす城のような屋敷に、メロウは肉食獣の獣人に怯《おび》えていたことも忘れて見入った。イェリクに案内され、夢の中にいるような心地で豪邸に足を踏み入れる。

　大理石の床が延びる廊下には数々の調度品が飾られていて、メロウはトランクケースの角が当たらないよう荷物をしっかり抱いて進んだ。やがて大きな扉の前でイェリクが足を止める。

「オリヴェル様。眠りの魔法使い様をお連れしました」

　依頼主と思われる名を呼んだイェリクに、中から男性の声で「入ってくれ」と返事があった。丁寧な所作で扉を押し開いたイェリクに、メロウも緊張しながら続く。

　くすんだサーモンピンクの壁が特徴の応接間は、中央にきらびやかなシャンデリアが下がっていた。ベージュの絨毯《じゅうたん》には猫脚のローテーブルが置かれ、そばに二脚のカウチが設置されている。声の主はそこに腰かけていて、メロウが近づくとそっと腰を上げた。二歩分の距離を空けて互いに向かい合う。

　キャラメル色のジャケットとスラックスに身を包み、シャツの襟元を深紅のアスコットタイで飾った彼は、すらりとした長躯《ちょうく》の持ち主だった。毛先が目にかかる長さの銀髪は月光を蓄《たくわ》えたかのように美しく、その下に並ぶ金色の目は陽光を閉じ込めたかのように力強く輝く。

通った鼻筋、形の良い唇と、すべてのパーツが完璧な形で並ぶ、それこそ絵本に登場する王子様のような美貌《びぼう》の青年に、メロウは挨拶《あいさつ》の言葉すら忘れて見惚れた。

無遠慮な視線を向けるメロウにも彼は気分を害する様子を見せず、上品な顔をゆるめて微笑《ほほえ》む。

「突然の依頼にもかかわらず、早速お越しいただき感謝する。私の名前はオリヴェル・バリエンフェルト。この屋敷の主だ」

年齢はイェリクと同じ二十代半ばと思われるが、伸びやかな声には年齢以上の落ち着きと艶があって、オリヴェルの男性的な魅力をより一層引き立てていた。同性なのになんだかドキドキしてしまい、メロウは赤らんだ頬を見られないよう深く頭を下げる。

「東地区で眠り屋を営むメロウ・アーネルと言います。こちらこそ、このたびはご依頼いただき……」

ありがとうございます、と、そう続けようとした。しかし視線の先——オリヴェルの腰から垂れた銀色の尻尾を目に留めたとき、頭の中にあったはずの言葉はどこかに吹き飛んでしまった。

長さはウマ族に近いものの、ふさふさした毛質は似て非なるものだった。おもむろに顔を上げて良く見れば、オリヴェルの頭部には三角形の獣耳が並んでいる。シカ族を彷彿《ほうふつ》とさせる形だが、彼らの獣耳よりも鋭い印象だ。加えて、引っかかるポイントがもう一つ。

（えっ……いや、ちょっと待て。今このひと、バリエンフェルトって名乗らなかった？）

聞き覚えのある姓を頭の中で繰り返し、思い至った人物にメロウは呆然とした。まさか、いやでも、

と困惑を露《あら》わにするメロウの、言葉にならない問いに答えるようにイェリクが口を開く。

「オリヴェル様は、伯爵であられるグスタフ様のご子息にございます」

思いがけない名前をあげられ、メロウは重たいもので頭を殴られたかのような衝撃を受けた。平民のメロウだって領主である伯爵を知らないわけがない。そして、貴族である彼の種族も。

「伯爵のご子息って……もしかして、バリエンフェルト様はオオカミ族、ですか……？」

確かめる声は情けなく掠《かす》れていた。オリヴェルは銀色の獣耳をぴくりと震わせたが、穏やかな微笑みを崩さずに頷く。

「ああ。両親と同じオオカミ族だな。肉食獣への魔法は専門外だったか？」

「い、いえ、そんなことは……」

馬鹿正直に首を横に振り、しまった、とすぐに後悔した。草食獣にしか効かない魔法だから自分には役不足だと、適当な嘘をついてさっさと退散すれば良かった。

（だって、肉食獣がお客さんになるなんて予想外もいいとこだ……！　肉食獣は自分本位な性格だから、なにかに思い悩んで不眠になるなんてあり得ないって誰か言ってなかったっけ⁉）

それは多分、祖父のかつての常連客の言葉だ。祖父の店にやってきて世間話をしていたハト族の男性に、「肉食獣には眠り屋は必要ないの？」と尋ねたことを覚えている。

背筋がすーっと冷たくなり、膝がガクガクと震えだした。手を伸ばせばすぐに届いてしまう距離に肉食獣がいる。恐怖が全身を支配して頭が真っ白になり、自分が今どうするべきなのかメロウはまったく分からなかった。

「……大丈夫か？」

青い顔でうつむくメロウに、オリヴェルが労《いたわ》しげに声をかけてきた。そっと顔を覗き込まれ、メロウの肩はビクリと跳ねる。

「アーネル様。試しにオリヴェル様に眠りの魔法を施してみるのはいかがでしょう」

怯えるメロウなど意に介さず、傍らに控えるイェリクが平然と提案した。優しい雰囲気の青年だと思っていたが案外強引だ。オリヴェルもむっとした様子で眉を寄せ、イェリクを咎《とが》める。

「おい、イェリク」

「魔法の効果があるようなら正式にご依頼をし、効果が見込めなければ今回きりということで、早めに結論を出したほうがよろしいかと」

しれっとオリヴェルに言い返すイェリクを、メロウは信じられない思いで見つめた。平民の草食獣が貴族である肉食獣に楯突くことなど許されるのか。ましてや彼はイェリクの雇い主だというのに。

困った奴だとばかりに頭を掻《か》いたオリヴェルは、口許に手を添えてそっとメロウに耳打ちする。

「こう見えて頑固《がんこ》な執事なんだ。すまない、イェリクの言うとおりさっさと終わらせよう。馬車できちんと送り届けるよう、ラーシュに頼んでおくから」

ラーシュというのは先ほどの御者の名前だろうか。オリヴェルの従者なのだから意のままに命令できるはずなのに、まるで対等な関係のような物言いをするのが不思議だった。しかし深く考えるほどの余裕はなく、メロウはぎこちなく首肯《しゅこう》するしかなかった。

カウチに身を横たえるオリヴェルのすぐそばで、イェリクが用意したシングルソファに座り、メロウはまどろみの書を開いた。魔法をかける合図として癒しのベルを揺らすが、手が震えているせいでまともに鳴らせず、リリ……と微《かす》かな音が漏れるばかりだった。

(うまくいきっこない、こんなの)

半人前だからという問題以前に、自分の心が乱れきっているのが分かる。けれど魔法の効果が見込めないと分かれば依頼はこれっきりで終了し、もう肉食獣と顔を合わせる必要もなくなるのだ。むしろ失敗したほうがいいのかもしれない。

邪《よこしま》な考えが頭を過る中、メロウはふと、カウチの上でまぶたを伏せるオリヴェルに目を向けた。華やかな美貌にばかり意識が捕らわれていたが、オリヴェルの顔色は優れず、目の下にはうっすらと隈《くま》ができている。まともに眠れない日が続いているというのは本当なのだろう。

(いいのかな。本当に、この人を癒せないまま依頼を切り上げちゃって)

相談を受けたのが祖父だったら、肉食獣の客に驚きはするものの、完璧な魔法を施して幸福な眠りを与えていただろう。口数は多くないが祖父は愛情深い魔法使いで、眠り屋という仕事に誇りを持って取り組んでいた。そんな祖父をメロウも心から尊敬していた。

(肉食獣は怖いし、伯爵のご子息なんて身分が違いすぎてどう接したらいいのか分からないし、……でもうまく眠れなくて苦しんでいるのには変わりないはずだ)

一刻も早く逃げ出したい気持ちと、なんとか手を差し伸べたいという気持ちがごちゃ混ぜの状態で、メロウはまどろみの書に書かれた物語を読み上げていく。頭の中がまったく整理できていない分、朗読はいつも以上に覚束《おぼつか》なかった。

「……そ、そうやって燕《つばめ》は、も、もも、桃色の雲の波を、およ……ぐように飛んでいったのでし、た」

舌をもつれさせながら、メロウは少しも集中できないまま物語の一つを読み上げた。癒しのベルを鳴らし、魔法が完了したことを伝える。

しばしの間、オリヴェルは目を伏せたまま動かなかった。不安と期待が一緒くたになった状態でメロウが凝視《ぎょうし》していると、やがて銀色の睫毛《まつげ》が震え、ゆっくりとまぶたが上がる。

カウチに手をついて身を起こしたオリヴェルは、小さな苦笑を浮かべて口を開いた。

「アーネルさんの魔法は私の体質には合わないらしい。すまない、せっかくご足労いただいたのに」

誰がどう見てもメロウの動揺が原因で失敗しているのに、オリヴェルはあくまで体質の問題として片づけようとする。依頼が継続されないことを安堵《あんど》するべきなのか、オリヴェルの力になれなかったことに罪悪感を抱くべきなのか、メロウは自分の心の持ちようがまるで分からなかった。

「さあ、ラーシュに声をかけ、馬車を再び屋敷の前に準備してもらってくれ」

メロウが固い表情で唇を結ぶ中、話は終わりだとばかりにオリヴェルがイェリクに顔を向けた。

「お待ちください、オリヴェル様。アーネル様は慣れない中央地区での魔法に緊張されているご様子。心を落ち着けてからもう一度魔法を施してもらえば、もしかしたら……」

「しつこいぞ、イェリク。彼はきちんと約束を果たしてくれたのだから、我々もその誠意に応《こた》えるべきだ。料金をお支払いし、ご自宅へ送り届けなさい」

食い下がろうとするイェリクを、オリヴェルはぴしゃりと退けた。イェリクはいまだ諦めきれない様子だったが、「承知しました」と答え、懐《ふところ》から布の小袋を取り出す。

「そちらの金額で問題ないかお確かめください」

戸惑いながらも小袋の中身を確認したメロウは、金貨が三枚入っていることが分かると目を丸くして慌てふためいた。メロウが設定している一回分の依頼料の、十倍以上の金額だったのだ。

「こ、こんなにたくさんいただけません！　僕は全然役に立てなかったのに……っ」

メロウはぶんぶんと首を横に振って小袋を返そうとするが、オリヴェルは頑として受け取らなかった。それどころか楽しそうに口許をゆるめてみせる。

「今日一番の元気な声が聞けて安心した。迷惑料だと思って、どうか受け取ってもらえないか？　普段は草食獣の街で暮らす君が、狼に魔法を施すのはさぞ恐ろしかっただろう。それでも職務をまっとうしようとしてくれた君に、私はこんな形でしか謝意を表せないんだ」

オリヴェルはメロウの手に触れないよう、小袋だけを指先でそっと押し返した。その繊細な仕草に彼の誠意が滲《にじ》んでいて、メロウはどうしていいか分からず途方に暮れる。残忍な種族だと聞かされていた肉食獣に、これほど丁重な扱いを受けるなんて想像していなかった。

押し負けたメロウがおとなしく小袋を受け取ると、オリヴェルは満足そうに目許を和《やわ》らげた。馬車の手配をしに行ったイェリクとともに応接間を出て行く。

ややあってイェリクに呼ばれ、メロウは屋敷の前に停車した馬車へと案内された。乗り込もうとすると、再び姿を見せたオリヴェルが「アーネルさん」と声をかけてくる。オリヴェルは色とりどりのクッキーが詰められた瓶を腕に抱えていて、メロウの前で足を止めると慎重な動作で差し出した。

「このクッキーはイェリクが南地区に行ったときに買ってきたものなんだ。未開封なので自宅でも食べてくれ」

「えっ……でも」

「小腹が空いているなら馬車の中で摘まんでくれても構わない。きっと気疲れしただろうから」

「ま、まさか！　バリエンフェルト様の馬車で飲食なんてできません」

いくらなんでもそこまで考えなしにはなれないと、メロウは大きく首を振る。ただでさえ多額の依頼料をもらったのに、手土産《てみやげ》まで持たせようとするオリヴェルにメロウは恐縮しどおしだった。

まごつくメロウに、オリヴェルはまっすぐ腕を伸ばし、クッキーを受け取るよう促した。互いの距離を一定に保っているのは、自分を怯えさせないようにという配慮だろう。イェリクとともに応接間を離れたのも、メロウが肉食獣と二人きりになるのを避けるために違いない。

メロウがおずおずとクッキーを手にすると、オリヴェルはほっとした様子で口許をゆるめた。

「オリヴェルでいい。敬称も気にするな。生まれた家の名がたまたま大きかっただけで、私自身が大きな功績をあげたわけではないのだから」

自分に向けられた穏やかな微笑みに、メロウの胸に温かな感情が湧き上がる。伯爵の子息という立場でありながら、決して驕《おご》る様子がないオリヴェルに、今になって親しみを覚え始めていた。己の姓が身の丈に合っていないように感じるのはメロウも同じだからだ。

「僕も……メロウと呼んでください。オリヴェルさんより年下だし、それに、師匠であるじいちゃんと同じ姓で呼んでもらえるほどの実力は、今の僕にはまだないから」

たとえ名前の呼び方一つであったとしても、肉食獣に指図するなんて、オリヴェルの屋敷を訪れたばかりのメロウならば考えられなかった。けれど今は相手が彼なら許されるのではないかと、なんとなくだが信じ始めている自分がいる。もう二度と会うこともない相手なのに。

「そうか。では、メロウ。今日は私のために慣れない場所まで足を運んでくれてありがとう。君と出会えて良かった」

メロウより拳三つ分も高い位置から、オリヴェルは穏やかな眼差《まなざ》しを寄越した。銀色の髪がうららかな春の陽光に透けてキラキラと輝く。まぶしさに目を眇《すが》めながら、メロウは心の奥底から奇妙な感情が湧くのを感じていた。

生まれ育った街を離れる際、新たな生活への期待とともに込み上げた……そう、これは寂しさだ。

「さよなら、メロウ」

オリヴェルの伸びやかな声で告げられた別れに、メロウはきゅっと唇を結んだ。

窓から覗く空が夕刻から夜への移り変わりを告げている。ランプを眠り屋の軒先に吊るしたメロウは、玄関扉を開けて店内に戻った。

オレンジ色の灯に照らされたテーブルに着き、ティーポットを数回揺らしてからカップにハーブティーを注ぐ。ローズマリー中心のブレンドは清々《すがすが》しい香りが特徴で、仕事に疲れた体と心のリフレッシュに最適だ。

けれどどんなに気持ちを切り替えようとしても、一週間前の出来事がメロウの頭から離れなかった。

オリヴェルの屋敷から眠り屋まで送ってもらったあと、落ち込んだ様子でほとんど口を開かないイェリクを馬車に残し、御者のラーシュが再度店内に顔を覗かせた。

『あんたを強引にオリヴェル様に引き合わせて悪かった。俺が東地区にできた眠り屋の噂を聞いてイェリクに伝え、イェリクからオリヴェル様に提案したんだ。オリヴェル様が無理やりあんたを引っ張り出したわけじゃないってことだけは分かってほしい』

帽子を脱ぎ、ラーシュはいかにもばつが悪そうに訥々《とつとつ》と謝罪した。メロウは困惑しつつも『オリヴェルさんはみんなに慕われているんですね』と返す。

あまり表情が豊かではないラーシュだが、そのときばかりは眉尻を下げた困り顔になった。微かな苦悩を滲ませてラーシュは頷く。

『……力になりたい、と思っている。俺も、イェリクも』

雇用主だから、という理由だけでは片づけられない絆《きずな》のようなものを、メロウはその言葉に感じた。

オリヴェルの苦しみは、イェリクやラーシュにとっての苦しみでもあるのだ。もしかしたら、顔を合わせる機会のなかった他の従者たちも同じなのかもしれない。

そんな風に考えたためか、オリヴェルの依頼が終わったあとも、メロウは幾度となく彼に思いを馳《は》せていた。父親が有名な獣人であることが幸いし、オリヴェルの情報は比較的容易に集められた。

オリヴェル・バリエンフェルトは、伯爵であるグスタフの三男で、年齢は二十五歳。

二人の兄は領主である父親を手伝って城や領地の管理を行っているが、オリヴェルは一人親元を離れ、美術商として美術品の仕入れと販売を担《にな》っているという。

領主のグスタフはファーや革といった合成製品の生産で多額の税収を得ておきながら、利益のもとである草食獣への差別が激しく、平民から不評を買っていた。そのせいか、領民はオリヴェルについても「父親の力を後ろ盾に、勝手気ままに生きる放蕩《ほうとう》息子」と言い、冷めた目で見ている。

けれど実際にオリヴェルと会ったメロウとしては、とてもそんな風には思えなかった。

——生まれた家の名がたまたま大きかっただけで、私自身が大きな功績をあげたわけではないのだから。

伯爵の息子に失礼があってはいけないと畏《かしこ》まるメロウに、オリヴェルはあくまで対等な姿勢で接してくれた。肉食獣の自分に怯えていると気づくと、メロウとの距離感について最大限に配慮し、早々に帰宅させてくれた。野蛮で傲慢な種族として教わってきた肉食獣のイメージとは正反対だと思った。

（関わりがないから悪いイメージを払拭《ふっしょく》できずにきただけで、オリヴェルさんみたいに優しくて誠実

な肉食獣も案外たくさんいるのかもしれない）

そう思うと、オリヴェルの依頼を中途半端な形で終えたことにやはり悔いが残った。イェリクの言うとおり、心を落ち着けてから再挑戦すれば多少の効果はあったかもしれない。違う章を読むなり、ハーブティーを試すなり、他にも打つ手はあったはずだ。

（なにやってんだろ、僕……。「たくさんの獣人を癒したい」なんて息巻いて、心配する家族を説得してようやくファラベルバルに来たのに、結局誰の役にも立ててない）

自己嫌悪の念が渦《うず》を巻き、メロウは溜め息とともに腰を上げた。戸棚にしまったクッキー入りの瓶を慎重な動作で取り出し、顔の高さに掲げて中を確認する。

淡いピンクや黄緑で彩《いろど》られたしぼり出しクッキーは、中央にダイスアーモンドが飾られていた。愛らしくもどこか素朴な味わいで、ほのかな甘みとさくさくした食感がたまらなくおいしい。

けれどすぐに食べきってしまうのが惜しくて、メロウはまだ半分ほど残していた。この瓶が空になったら、オリヴェルとの出会いすらなかったことになってしまいそうで。

（お医者さんの処方薬も効かなくなってるって言ってたのに、オリヴェルさん、大丈夫なのかな……）

ぐるぐると同じところを巡る思考に捕らわれる中、メロウの背後でバタンッと大きな音があがった。来客を知らせるベルが激しく鳴る。

驚いて振り返るメロウの視線の先で、イェリクがドアノブに手をかけ、息を乱していた。

「助けてください、アーネル様！　睡眠不足が続いたオリヴェル様がとうとう……！」

決死の形相《ぎょうそう》で告げたイェリクに、メロウは「倒れたんだ」と言葉の先を察した。勢いのまま癒しのベルとまどろみの書をつかむと、イェリクに向かって「行きましょう！」と迷いなく声を張り上げた。

馬車を飛ばして到着した屋敷では、一週間前の静謐《せいひつ》さが嘘のように、慌てふためく従者たちの声が飛び交っていた。

「オリヴェル様のご様子はどうだ!?」

「まだひどく荒れていて手がつけられません！」

切迫した雰囲気に緊張感が高まる中、メロウはイェリクたちに連れられて寝室のそばまでやってきた。開け放たれた扉から荒々しい物音があがる。

「オリヴェル様。眠り屋のアーネル様を連れて参りました」

覚悟を決めるように深く息を吸ったイェリクは、部屋の主に声をかけると、間髪《かんはつ》を入れず寝室に踏み込んだ。ラーシュもそれに続く。

慌てて二人を追いかけたメロウは、踏み込んだ先に広がる予想外の光景に絶句した。

上下が分かれたナイトウェアを身にまとったオリヴェルは、キングサイズのベッド脇に座り込み、シーツを握りしめ背中を震わせていた。苦しみを紛らわすために暴れ回ったのか、室内には本や衣服、割れたティーカップなどが散乱している。

だが部屋の惨状以上にメロウの目を釘付けにしたのは、前回とは一変したオリヴェルの形相だった。

「あァ!?　誰がそんなことしろって言った!?」

端正《たんせい》な顔を歪《ゆが》めて声を荒げるオリヴェルは、いかにも乱暴で攻撃的な肉食獣という様相だ。怒りにひくつく口許からは白い牙が覗く。部屋の入口に立っているだけで威圧感に身が竦んだ。

メロウの存在に気づいたオリヴェルは、忌々《いまいま》しげに舌打ちを漏らした。邪魔だとばかりに長めの前髪を乱雑に掻き上げると、血走った目が露わになる。顔は青白く、目の下の隈は一層濃くなっていて、やはりこの一週間まともに眠れていなかったのだと悟った。

（で、で、でも、いくら寝不足で苛立《いらだ》ってたって、こんなに性格が変わっちゃうのはおかしいだろ……!?　だって前に会ったときのオリヴェルさんとはまるっきり別人じゃないか！）

初対面のときに同じ態度を取られていたら、きっと自分は嫌な記憶だけを抱えてオリヴェルの屋敷を逃げ出していた。やはり肉食獣は獰猛《どうもう》で恐ろしい種族だったのだと、ベッドの上で布団を被って震えながら、中央地区へ足を踏み入れたことをひたすら悔いていただろう。

肉食獣らしくない肉食獣を助けたい。一週間くすぶり続けたその思いは、肉食獣の悪いイメージを体現したかのようなオリヴェルを前に、すっかり恐怖心へと変わってしまった。

血の気が引いた顔で呆然と立ち尽くすメロウに、オリヴェルが鋭い視線を向ける。

「さっさとそいつを連れて出て行け！　狼の巣に飛び込んだ草食獣なんて、無残に引き裂かれたとしてもなんの文句も言えねえぞ！　お前ら、俺に喰われてもいいのか!?」

恐れていた可能性を言葉にされ、メロウはビクッと身を跳ねさせた。けれどイェリクとラーシュはメロウを背中に隠し、オリヴェルの脅《おど》しにも屈することなく距離を詰めていく。

「いいえ、出て行きません。あなたにはきちんと眠っていただき、休息を取ってもらいます」

「だから、それができねえからこんなことに……ッ」

整然と言い返す執事に、オリヴェルが苛立ちを露わにして拳を床に叩きつけた。その拍子に目眩《めまい》を起こしたのか、オリヴェルの体が大きく揺れる。

身を支えるように両腕をついたオリヴェルの、しなやかな長躯がぐにゃりと歪んだ。

ナイトウェアの袖から覗く手首が、うなだれる首筋が、みるみるうちに銀色の獣毛で覆われていく。獣人の体が瞬《またた》く間に変形していく様に、メロウは全身を震わせておののいた。

（獣返りだ……！）

連日の睡眠不足によってすっかり体力を消耗したオリヴェルは、銀色の狼に姿を変えていた。グルル……とマズル部分に皺《しわ》を寄せて唸《うな》る狼に、メロウは腰を抜かして床にへたり込む。

警戒した様子でピンと耳を立てた狼は、イェリクたちに飛びかかろうと前傾姿勢を取った。しかしいざ一歩を踏み出した瞬間、獣返りによって脱げた己の服で足を滑らせる。派手に転倒した狼は、睡眠不足の影響でひどく目が回ったらしく、床に転がったまま動けなくなった。

「アーネル様！　今のうちに眠りの魔法を！」

この機会を逃すまいと、イェリクがすかさず指示を飛ばす。メロウは慌ててまどろみの書を開いた。ぱっと開いたページに書かれている物語を、かつてない集中力で読み上げていく。

「……やわらかな布団はまるで優しい雲のようにあなたを受け止めます。うさぎの冒険は夢の国へ舞台を変えて、ずっとずっと続いていくでしょう」

掲載されている中で一番短い物語だったため、あっという間に結末にたどり着いた。傍らに置いてあった癒しのベルを揺らし、うっとりするような音色を寝室内に響かせる。

役目を終えたメロウが恐る恐る顔を上げると、いつの間にか移動していたイェリクとラーシュが、狼のすぐそばにしゃがみ込んでいた。そんなに近くにいては危ないのでは……とヒヤヒヤするが、狼はナイトウェアを枕にして気持ち良さそうに寝息を立てている。

体力の限界を迎えていたオリヴェルに、メロウの魔法はきちんと効果を表したのだ。

「よく眠ってる。うまくいきましたね」

「ああ。このまま朝までぐっすり寝てくれりゃ、自然と獣人の姿に戻るだろ」

一件落着とでも言いたげな様子で二人は頷き合うが、メロウはいまだ混乱の最中《さなか》にいた。なにから尋ねればいいのか分からずぱくぱくと口を開閉させるメロウに、イェリクたちが顔を見合わせる。

二人は目配せだけで役割分担を決めたらしく、狼と化したオリヴェルをラーシュがベッドに運んだ。

メロウの元へ近づいてきたイェリクは、すぐ正面に片膝をつくと深々と頭を下げる。

「怖い思いをさせてしまい申し訳ございませんでした。アーネル様の魔法によって、我々も、我々の主も救われました」

「あの……さっき僕たちに怒鳴ってたのって、オリヴェルさん、ですよね……？　この間とは随分様子が違って見えたけど、……一体なにがあったんですか……？」

　恐る恐る尋ねるメロウに、イェリクは返答に迷う様子で口を閉ざした。けれど誤魔化《ごまか》しきれないと悟ったのか、ラーシュが戻ってくるのを待って「応接間へ移動しましょう」と告げた。

　ローテーブルを挟み、メロウたちは二脚のカウチに分かれて腰を下ろした。メイドが入れてくれた紅茶を飲んでメロウが幾分か落ち着きを取り戻すと、イェリクが頃合いを見計らって慎重に切り出す。

「オリヴェル様には、八歳の頃より別の人格が存在します。温厚で心根の優しいオリヴェル様とは正反対の、気性が荒く横暴な、いかにも狼らしいもう一人のオリヴェル様が」

　予期せぬ単語が飛び出し、メロウは当惑も露わに聞き返した。

「それは、二重人格……ってことですか？」

　小説や演劇の中で描かれそうな性質を持つ獣人が実在するなんて、にわかには信じられなかった。けれどあまりに落差の激しいオリヴェルの変貌具合が、機嫌や気質の問題ではなく人格の交代によるものだと思うと、妙に納得できる。

（僕を気遣ってくれたオリヴェルさんの誠実さは嘘じゃないんだ。いや……、でもどうなんだろ？　本来はさっきみたいな気性の荒い性格だけど、先週は表面を取り繕って親切な肉食獣を演じてた、って可能性もないわけじゃないよな？）

　草食獣のメロウを尊重しようと心を砕いてくれたオリヴェル。狼の巣にいるんだから食べられても文句は言えないと吠えたオリヴェル。そのどちらが真実の姿なのか、ほんのわずかな時間しか彼と接していないメロウにはまるで見当がつかなかった。

黙り込むメロウに、向かい側のカウチに座るイェリクが、膝に手を乗せた態勢で身を乗り出す。

「アーネル様。オリヴェル様の第二の人格について知る獣人はごくわずか……、わたくしども従者と、あとはアーネル様しかいらっしゃいません。血の繋がったご家族ですらご存知ではないのです」

真剣な面持ちで語りかけてくるイェリクに気圧され、メロウはカウチの上でわずかに後退した。他言するなという意味だろうか。それならば心配無用だと、メロウは深く頷く。

「僕、誰にも言いません。この屋敷を出たら、今夜の出来事はすべて記憶から消すって約束します」

「お気遣いに心より感謝いたします。しかしアーネル様にお願いしたいのはそれだけではないのです」

「え？」

ぽかんとするメロウに、イェリクが力強い眼差しを寄越した。

「どうか今後も、オリヴェル様のご依頼を引き受けていただけませんか。週に一回……いや、二回か三回。オリヴェル様に眠りの魔法を施していただきたいのです」

「……えっ、ええええっ!?」

想定していなかった提案に、メロウは危《あや》うくティーカップをひっくり返しそうになった。冗談だろ、と目で訴えるが、イェリクが要求を撤回することはなかった。

「獣返りの危険性に加え、オリヴェル様は二重人格という秘密まで抱えています。しかし今回のように睡眠不足によって精神が不安定になり、人格が交代してしまう可能性を考えると、事情を知らない者に助けを求めるのは憚《はばか》られるのです」

　その点、すでにオリヴェルの事情を知っているメロウになら、心置きなく依頼できるというわけだ。

　イェリクの言い分は分かったが、かといって受け入れられるかどうかはまた別の話だった。

「むむむりですよ！　今回僕の魔法でオリヴェルさんを眠らせられたのは、寝不足のせいでオリヴェルさんの体調が最悪だったからです！　僕みたいな半人前じゃろくに成功させられませんって！」

　そもそも、オリヴェルに気性の荒い第二人格があると分かった以上、とてもじゃないが彼のそばで平静を保てる気がしない。いつまた人格が変わってしまうのか、今度こそ喰われてしまうのではないかと怯えながら魔法を施すなんてまっぴらごめんだ。

　半泣きで拒むメロウを咎めるように、イェリクがモノクルの奥で目を細める。

「すべての獣人に平等で幸福な眠りを届けるのが眠り屋の使命だと、アーネル様はそうおっしゃっていたではありませんか」

「うっ」

「お言葉ではございますが、お客様を選《え》り好みしている余裕はおありなのでしょうか？　わたくしが訪ねていった二回とも、アーネル様は店内で一人、時間を持て余しているご様子でしたが」

「ううっ」

　痛いところをつかれ、羊耳を両手で押さえて呻《うめ》くメロウに、イェリクがさらに言葉を重ねる。

「依頼を引き受けてくださるのであれば、一回につき金貨を三枚、週に二回で六枚、三回来ていただいたときは九枚。一ヵ月で約三十枚の金貨を報酬としてお渡ししましょう」

指を三本立てた手を突き出してくるイェリクに、メロウは「金貨三十枚……」とつぶやき、思わずゴクリと喉を鳴らした。

それだけの稼ぎがあれば毎月余裕を持って暮らしていける。オニオングラタンスープ続きの生活ではなくなるし、ハーブの種類をさらに増やすこともできるし、田舎に住む家族に仕送りもできる。

メロウから視線を外さずに返事を待つイェリクの隣で、ラーシュも表情に期待を滲ませていた。二人の無言の威圧にたじろぎ、メロウは思考を放棄したくなるのを堪《こら》えて懸命に頭を回転させた。

謎多き二重人格狼に接近する危険性と、安定した生活。それらを天秤にかけたメロウは、悩みに悩んだ末口を開く。

「お……お引き受けします……」

「ありがとうございます！　それでは早速今月分を前払いでお渡ししましょう」

しぼり出すような声で返答したメロウを前に、声に喜色を浮かべたイェリクがすぐさまメイドに指示を出した。その横でラーシュも安堵した様子を見せる。メロウだけがただ一人、くるりと巻いた角を床に向けうなだれた。

肉食獣に関わるなと再三忠告してきた母に謝らないといけない。そう考えたものの、次に地元に戻るまで果たして自分は食べられずにいられるのかと、メロウは早くも己の決断を後悔し始めていた。

懐かしい夢を見ていた。青天の下、シロツメクサが咲き乱れる野原で、メロウはお気に入りの絵本を抱えて歩いている。視界に映《うつ》る己の体はまだ小さく、繰り返し読んだ絵本は随分大きく感じられた。

『お兄ちゃーん！　絵本読んでー！』

子供たちのはしゃいだ声が背後からあがり、メロウが振り返ると、丘の向こうからまだ幼い五人の弟や妹が駆けてきた。十歳年下の末の妹・マーヤは歩き方が覚束なく、三つ上の弟に手を引かれている。これはきっと自分が十二歳の頃の夢なのだろう。

メロウを見つけたことが皆嬉《うれ》しいようで、小さな尻尾をぷるぷると振っていた。

自ら弟たちに歩み寄ったメロウは、マーヤをひょいと抱き上げた。ミルクの香りが残るマーヤの、ふくふくとした頰に頰を擦り寄せて草の上に腰を下ろす。その周りを囲うように弟たちも座り込んだ。

五人の弟妹はいつもメロウのあとを追って、『一緒に遊ぼう』『絵本を読んで』とせがんでいた。なかなか一人の時間を作れず、勉強や魔法の練習をするのに苦労したが、それでもメロウにとっては可《か》愛《わい》い弟たちだった。

『じゃあ今日は、色無し鳥のエディが虹色くじらを見つけるために、七つの島を巡るお話を読むよ』

『あーっ、あたしの好きなお話だ！』

『カロラの好きなお話じゃなくて、お兄ちゃんが好きなお話だっつの』

『あたしだって好きだもん！』

『こーら、カロラもステファンも喧嘩《けんか》しない。イーダももっと近くにおいで。マルクスは僕の隣に。これからエディの大冒険が始まるんだ、ちょっとでも聞き逃したらあっという間にエディに置いていかれちゃうよ』

　おてんばなカロラと気の強いステファンを窘《たしな》めると、二人ともすぐに口を噤んで居住まいを正した。マーヤを膝の上に座らせて絵本を開く。弟妹がわくわくした顔でこちらを見ているのを確認して、メロウは静かに絵本を読み始めた。

　彩りを奪われた世界に生きるエディは、春夏秋冬の美しい風景や、輝く朝日、燃えるような夕焼け、瞬く星空を飲み込んでしまった虹色くじらを捜して旅をする。くじらは何度もエディから逃げるが、そのたびに美しい景色を一つ吐き出し、世界には徐々に色が戻っていくのだ。

　七つ目の色を取り戻して初めて、エディは自分が虹色の羽を持つ鳥「孔雀《くじゃく》」だと知る……という粋《いき》なラストなのだが、物語の結末にたどり着く頃には、弟たちはやわらかな青草の上に転がってぐっすり眠っていた。腕の中でマーヤもぷうぷうと寝息を立てている。

　そっと本を閉じて草の上に置き、マーヤを抱え直すと、草を踏む軽い足音が近づいてきた。メロウが顔を上げると、ライトグレーの髪から立派な角を覗かせた祖父が手を振っていた。

　メロウのすぐそばで足を止めた祖父は、周囲で寝こけている弟妹に気づくと、感心した様子でひょいと眉を上げる。

『みんな気持ち良さそうに眠っているね。アーネル家の新人魔法使いはすごいなあ。こんな立派な弟子がいるなら、じいちゃんも安心して引退できそうだ』

『僕が読んだのはただの絵本だもん。魔力なんて込められてないよ』

肩を竦めるメロウに、祖父が『いいや』と首を横に振った。それからメロウのそばにしゃがみ、頭にぽんと手を乗せる。

『眠りの魔法使いにとって重要なのは、優れた魔道具を使っているかや、多くの魔力を有しているかではないんだ』

ゆったりとした動作でやわらかな髪を撫でられ、メロウは心地よさに目を細めた。祖父の皺の寄った、慈《いつく》しみ深い手がメロウは大好きだった。

『いいかい。眠りの魔法を使ううえで一番重要なのは――』

祖父の陽《ひ》だまりのように温かな声は、徐々に小さくなって風に溶けていく。最も肝心な部分を聞き取れないまま、容赦《ようしゃ》なく訪れた朝がメロウを現実に引き戻すのだった。


三度目の訪問となるオリヴェルの屋敷で、メロウは応接間のカウチに腰かけ、固い表情で依頼主を待っていた。縦長窓からは燦々《さんさん》と陽が差しているのに、メロウの心は一向に晴れる気配がない。

（今日のオリヴェルさんは温厚なほうの人格だって馬車の中で聞いたけど……、もし魔法が効かなくて機嫌を損ねられたらどうしよう。また人格が変わって『この半人前魔法使いが！』って激怒されないかな!?　ううう、怒られるのは僕の実力不足だから仕方ないけど、食べるのだけは勘弁して……）

顔の前で手を組み天に祈っていると、後ろからガチャリと扉を開く音がした。出入口に立っていたのはイェリクを従えたオリヴェルで、メロウは慌てて腰を上げる。

メロウを認めたオリヴェルはほんの一瞬驚いた様子で目を見開き、それから大股で近づいてきた。

「ご足労いただき感謝する。それに、私の依頼を再び引き受けてくれたことも。正直に言えば、メロウがまた私と会ってくれるなんて考えもしなかった」

目の前で足を止めたオリヴェルは嬉々として感謝の言葉を述べた。興奮を抑えきれない様子の彼を前に、全身をこわばらせていたメロウも思わず肩の力をゆるませる。

初対面の草食獣に嫌われたところで大した不利益もないだろうに、メロウが再びこの屋敷にやってきたことに、オリヴェルは心の底から安堵しているらしい。

（なんていうか、こういうとこが憎めないんだよな）

身分の高い生まれでありながら、平民のメロウのために心を砕き、再会を喜んでくれた。そんな獣人だからこそ、オリヴェルの体調がずっと気にかかっていたのだと、恐怖心によって追いやられていた労りの気持ちがよみがえってくる。

不安ばかりが渦巻いていた胸の内もいくらか晴れやかになり、メロウは控えめに声をかける。

「あの……、その後具合はどうですか？　少しでもスムーズに入眠できていたらいいんですけど」

オリヴェルが獣返りをしてから三日が経っていた。前回と比べ、顔には随分血色が戻ってきたように感じられるのだが。

「ああ、悪くない。この間朝まで熟睡できたのが良かったようで……、いや、そうか。あの夜の私を助けてくれたのはメロウだと聞いた」

　オリヴェルは機嫌良く頷くが、はたと動きを止めると、首の後ろに手を当て申し訳なさそうに眉を下げた。

「すまない、実はあの夜の出来事をなにも覚えていないんだ。ごく一部の獣人にしか打ち明けていないのだが、私は軽度の記憶障害を抱えていてね」

「記憶障害、ですか？」

　オリヴェルが抱える秘密は二重人格だけではないのか。オリヴェルの斜め後ろに立つイェリクにちらりと視線をやると、彼は唇の前にそっと人差し指を立てた。下手な発言はするなという意味だろう。

「八歳の頃からかな。短くて数十秒、長くても数分なのだが、記憶が飛ぶことが時折あるんだ。気持ちが昂《たか》ぶったときに起こりやすく、あの夜は……その、イェリクと少し言い争いをした。己の未熟さを打ち明けるのは恥ずかしいことだが」

「いいえ、恥ずべきはわたくしの浅はかさです」

　苦笑するオリヴェルにすかさずイェリクが言葉を重ねた。

「東地区から眠りの魔法使いを招く提案をした際、依頼主がオオカミ族であることを説明したうえでお越しいただくようにと、オリヴェル様から重々申しつけられておりました。その約束を反故《ほご》にしたためにオリヴェル様からお叱りを受けたのです。すべてわたくしの不徳のいたすところでございます」

大多数の草食獣が肉食獣に対し警戒心を抱いていることも、メロウが実際に怯えていたのもイェリクはきちんと理解していたのだ。初めてこの屋敷に来たときから感じていたが、柔和《にゅうわ》な風貌のわりに案外したたかというか、計算高いというか。

けれど言いつけを破ってまでメロウを強引に屋敷へ連れてきたのは、それだけオリヴェルを助けたかったからだろう。草食獣の魔法使いに、相手は肉食獣だと伝えれば断られる可能性が高い。そう思うと、イェリクの策に巻き込まれたことに脱力はしても、不思議と腹立たしさは覚えなかった。

（ええっと……、オリヴェルさんは頭に血が上ることがスイッチになって人格が入れ替わる、ってこと？　別人格のときの記憶はオリヴェルさんにはないから、本人は記憶障害だって勘違いしてる？）

つまりオリヴェルは、自分に第二の人格がある事実を把握していないのだ。

（お医者さんに診てもらったとしても、二重人格の自覚が本人になければ、確かにただの記憶の欠落として診断されるだろうな。でもイェリクさんやラーシュさん、メイドさんたちは分かってるんだよね？　第二の人格の存在をオリヴェルさんに伝えるのってそんなにまずいの……？）

自身に起きている出来事を正確に医師に伝えられれば、人格の交替についても手の打ちようがあるのではないか。その件が解決すれば、メロウに頼らずとももっと腕の良い眠り屋を雇うことができるはずなのに。

イェリクの考えがちっとも読めず、メロウが密かに首を傾げる中、オリヴェルが神妙な面持ちで唇を結んだ。イェリクに向かって体ごと振り返る。

「いや、寝不足で参っていたからといって、声を荒げるような野蛮な姿を見せるべきではなかった。君は私の体調を案じてくれたのに、付き合いの長さに甘えてしまったんだな。すまなかった」

躊躇《ちゅうちょ》なく頭を下げるオリヴェルに、イェリクもメロウも目を丸くした。「そのような真似はおやめください」とイェリクが珍しく慌てる一方、メロウはオリヴェルの真摯《しんし》な態度に胸を打たれていた。

（なんていうか、普段のオリヴェルさんはやっぱり良い人なんだよな。獣人を従える立場にいるのに、僕の前でも素直にイェリクさんに頭を下げられるし）

イェリクに対して怒ったことも、元をたどればメロウの気持ちを慮《おもんぱか》ってのことだろう。草食獣を怖がらせないために慎重に手順を踏もうとしたのに、イェリクがそれを飛ばして強引に連れてきたものだから腹を立てたのだ。人格が変わる原因となった怒りは、メロウへの気遣いから生まれたものだった。

そう考えると胸の奥が妙にくすぐったく、それでいて温かな気持ちになり、メロウはスラックスから飛び出た尻尾をぴょこぴょこと左右に揺らした。おっといけない、と手で尻尾を押さえていると、穏やかな微笑みを浮かべたオリヴェルが再びメロウに向き直る。

「このあとの予定はあるか？　私の依頼のあとに、すぐ次の予約が入っているとかは？」

「あ、いえ、今日は特にありません」

今日「は」ではなく「も」なのだが、さすがにそこは伏せておいた。

「そうか。もしメロウさえ良ければ、まずはティータイムにしないか？　こうしてまた私と会ってくれたメロウにお礼がしたくて、おすすめの茶葉やお菓子を色々準備したんだ」

端正な美貌を綻《ほころ》ばせるオリヴェルは、いかにも楽しみにしていた計画だと言いたげに、腰の後ろでぱたぱたと尻尾を振った。はっとした様子で己の背中を振り返ると、先ほどのメロウと同じように手で尾を押さえる。それからばつが悪そうにメロウに視線を戻し、照れた様子で目尻を赤らめた。

上品で大人っぽい、完璧な貴公子に見えたオリヴェルの、思いがけず無邪気な一面にメロウはぽかんとした。けれどすぐに笑いが込み上げ、堪えようとしながらも肩を震わせてしまう。

「はい、喜んで。この間のクッキーもおいしかったです」

自然と表情を綻ばせるメロウに、オリヴェルは照れくささと喜びが混じった微笑みを返した。

「良かった。さあ、こちらへおいで。中庭に準備をしてもらったんだ」

令嬢を相手にするかのように、オリヴェルは丁重なエスコートでメロウを中庭へ案内した。純白の花が並ぶ屋敷の正面は清廉な印象だったが、青々とした草が茂る中庭には小ぶりな花の寄せ植えが多く飾られていた。黄色、紫、ピンクと、彩度の高い色が多く、少女が夢見るような愛らしい庭だ。

青草の中を走るのはレンガを敷き詰めた道で、中央には白いガーデンテーブルとチェアが設置されている。メロウが躊躇《ためら》いがちに着席すると、すぐにメイドがティーワゴンを運んできた。イェリクとともに手早くテーブルセッティングを済ませていく。

色とりどりのマカロンや一口サイズのケーキ、カヌレやスコーンといった焼き菓子が、金属製の三段スタンドに並べられた。傍らでイェリクが紅茶をサーブし、テーブルを挟んで向かい合うメロウとオリヴェルの前に置く。

軽い気持ちで承諾《しょうだく》したメロウだが、あまりにきらびやかな絵面《えづら》に今さらながら恐縮してしまった。

（僕はただ仕事のために来ただけなのに、こんなにもてなしてもらっていいのかな。テ、テーブルマナーなんて全然分かんないんだけど……）

戸惑うメロウに、オリヴェルは「どうぞ召し上がれ」と爽《さわ》やかな笑みを見せた。メロウはおずおずとティーカップを口許に寄せる。

最初に感じたのは鼻腔《びこう》をくすぐる華やかな香りだった。なんだろう……と考え、薔薇の花だとすぐに察した。口に含むと紅茶の渋みが舌に乗り、あとからほのかな甘みが広がる。瑞々《みずみず》しい味わいは多分桃だろう。メロウもハーブティーのブレンドをよく行うため、お茶の香りや味には敏感だ。

紅茶本来のおいしさはもちろんのこと、客に喜んでもらうために工夫を凝《こ》らしたフレーバーティーは、豪奢《ごうしゃ》でありながら決して高慢ではない——まるでオリヴェルのようなお茶だった。

「どうかな？」

「とってもおいしいです！　薔薇と桃のフレーバーティーですか？　すごく良い香りがする」

控えめな調子で尋ねてきたオリヴェルに、メロウは満面の笑みを浮かべた。先ほどまでの緊張も忘れ、キラキラと目を輝かせて言葉を重ねる。その反応に、オリヴェルも嬉しそうに目許を綻ばせた。

「鋭いね、そのとおりだ。焼き菓子も色々用意してみたんだ。メロウはどれがお好みかな？」

「えっと、ではスコーンをもらってもいいですか？」

「もちろん」

皿を手にしようとするイェリクを制止し、オリヴェルは自らスコーンを取り分けてくれた。ワゴンに準備されていた生クリームとベリーソースを添え、メロウの前にそっと置く。

どうやって食べるのが正解か分からず、迷いながらもフォークとナイフに手を伸ばしたメロウに、オリヴェルは「手で食べて問題ないよ。私もいつもそうしている」と気さくに告げた。それでメロウもほっとして、どぎまぎしつつも手でちぎったスコーンを口に運ぶ。

もぐもぐと咀嚼《そしゃく》して、メロウはその味にぱっと表情を明るくした。淡い黄色のスコーンは歯を立てるとほろりと崩れ、バターの香りが口いっぱいに広がる。甘味の中にあるほのかな塩気が絶妙だ。シンプルなおいしさは貴族のティータイムのために作られたという肩肘を張った印象はなく、どこか懐かしさすら覚える。

ちぎった残りは皿に滑らせて、生クリームとベリーソースをたっぷりと掬《すく》い取った。とろっとした赤いソースをこぼさないように頬張ると、今度はスイーツ感の増した味わいが楽しめる。生クリームは決してくどくなく、ベリーソースの甘酸っぱさと絶妙にマッチしていた。

「おいひぃ！」

一刻も早くこの感動を伝えたくて、メロウは頬を膨らませたまま両手で口許を覆い、興奮も露わに告げた。メロウの感想をオリヴェルはきちんと汲《く》んでくれたらしく、嬉しそうに相好《そうごう》を崩す。

「喜んでもらえて良かった。屋敷に勤めるヤク族のパティシエが作ってくれてね。草食獣の職人は手先も舌も繊細だから、ほっと一息つけるような優しい味に仕上がるんだ」

ティーカップに口をつけながらオリヴェルの話を聞いていたメロウは、予想外の言葉に眉を上げた。

「専属のパティシエさんも草食獣なんですね。オリヴェルさんのお屋敷で働く方は、草食獣の獣人も結構いるんですか？」

「結構というか、すべてだな」

「すべて？　えっ、じゃあこのお屋敷に住んでるのは、オリヴェルさん以外全員草食獣なんですか？」

オリヴェルの依頼を今後も引き受けると決めてから知ったのだが、肉食獣の屋敷に草食獣が住み込みで働くことはさほど珍しくないらしい。特に魔法使いを雇う利点は多く、大概の貴族は魔法を扱える草食獣を数名仕えさせている。

とはいえ、人目に触れる機会がある執事や料理長などは肉食獣が大半だという。従者をすべて草食獣で揃えている貴族など、メロウは聞いたことがなかった。

「ああ、そうだ。彼がいてくれたら助かるな、と思う相手に声をかけていたら、気づけば肉食獣は私一人になっていた。イェリクとラーシュは父の屋敷に勤めていた魔法使いの息子で、幼なじみなんだ。仲の良い友人なので、独り立ちする際に引き抜いてしまった」

「滅相もございません。我々はあくまでオリヴェル様の従者でございます」

オリヴェルの皿にケーキを取り分けていたイェリクがすかさず訂正する。オリヴェルは大袈裟《おおげさ》に肩を竦めてその皿を受け取ると、口許を手で隠しつつ上体をメロウのほうへ傾けた。

「友情を即座に否定するなんて、なかなかむごい男だろう？　ラーシュにはもう少し砕けた態度で接しているのだが、私には手厳しい。おかげで私は今、友人が皆無という衝撃の事実が判明した」

演技がかった調子で嘆《なげ》いてみせるオリヴェルに、メロウは堪《たま》らず噴《ふ》き出した。すぐそばでイェリクが「いえ、そういう意味ではなく……！」と焦りを見せている。貴族というだけで勝手に気難しいイメージを抱いていたが、予想以上に気さくで茶目っ気のある獣人だ。

「こんなに楽しくおしゃべりしてくれるひとに、友達がいないわけないじゃないですか」

「そんなことないさ。イェリクとラーシュに見捨てられたら私は哀れな一匹狼になってしまう」

「見捨てるなどと、あり得ないことをおっしゃらないでください」

「おや、先ほどは『お前など友人じゃない』とはねのけたくせに」

「発言を曲解するのはおやめください！」

いつもは冷静で、少々計算高さもあるイェリクが、オリヴェルを相手にするとたちまちやり込められてしまう。幼なじみならではのテンポの良いやりとりがおかしくて仕方なかった。メロウは童顔をさらに崩して笑い声をあげる。

フレーバーティーと焼き菓子を堪能《たんのう》しながら、メロウとオリヴェルは他愛ない話をした。メロウがファラベルバルに来た経緯や、眠り屋という仕事、それから田舎町に住む家族について。

「一つ下の弟のステファンから始まって、三つ下のカロラ、五つ下のイーダ、七つ下のマルクスと、一番下に八歳になった妹のマーヤがいます。父さんは遠い町でニットの編み手職人として働いていて、帰ってくるのは月末だけなので、普段は僕が小さい父さんとして弟たちの面倒を見ていました」

「それは大変だっただろう。お祖父《じい》様のもとで魔法使いの修行もしていたそうだし、毎日忙しく過ごしていたんじゃないか？」

「確かに忙しかったんですけど、でも、賑《にぎ》やかで楽しかったですよ。いっつも誰かと誰かがワーワー言いながら喧嘩してるから、不穏《ふおん》な空気を感じたらいち早く仲裁しに行くんです。でも一番効果的なのはやっぱりお菓子ですね。家の中から甘い匂いが漂ってくると、言い合いをしてたのも忘れてみんなキッチンに飛び込んでくるんですよ」

「メロウが作るのか？　すごいな、専門の職人でもないのに自宅で菓子を作るなんて。草食獣はやはり肉食獣とは器用さが違う」

「パンケーキとかフレンチトーストとか、簡単なものだけですよ？　そういえば、こっちに来てからはまだ作ってないなあ。ふわふわもちもちのパンケーキも好きなんですけど、薄いパンケーキを何枚も重ねて食べるのも楽しくて……」

　饒舌《じょうぜつ》に語るメロウだが、自分ばかりが話している現状に気づくと慌てて口を噤んだ。聞き上手なオリヴェルが興味深げに先を促してくれるので、つい気分が良くなってペラペラと話し続けてしまう。

（実家にいたときはいつも弟たちが寄ってきて「兄ちゃん、あのね」って話し出すから、僕の話を誰かに聞いてもらう機会なんて今まではほとんどなかったな）

物心つく頃にはステファンがいたので、メロウは「お兄ちゃんは下の子に譲《ゆず》ってあげてね」と言われて育ってきた。たまに帰ってくる父はもちろん、同居する母や祖父母も皆、弟や妹のものだった。

だから兄妹の中でメロウにのみ魔力があり、眠りの魔法使いになるための修行を受けられると聞いたときは嬉しかった。大切な家族に自分だけを見てもらえることに喜び、祖父の期待に応えるべく良い魔法使いになろうと決めた。

「オリヴェルさんのご家族はどんなひとたちなんですか？　お兄さんが二人いるって聞いた、んですけど……」

意気揚々と尋ねてすぐに、赤の他人が家族構成を知っているという状況はあまり気分が良いものではないのでは、と思った。思わず言葉が尻すぼみになるが、オリヴェルは特に嫌な顔をするでもなく「うーん」と斜め上に目を向ける。

「二人の兄はいかにも肉食獣といったひとたちだな。自信に満ちていて、優れた商才を持っている。だから父の跡継ぎの仕事は早々に兄たちに押しつけ、私は自分の好きなことを仕事にしているんだ」

茶目っ気のある口調で告げたオリヴェルは、フレーバーティーで口を潤《うるお》してから続ける。

「私は草食獣が生み出す繊細な作品が好きでね。この焼き菓子もそうだし、優しい気持ちが込められた創作物に強く惹《ひ》かれる。草食獣の仕事はもっと評価されるべきだと思っているよ」

鷹揚《おうよう》な調子で語ったオリヴェルは、真面目な話をしたことへの照れ隠しのように、

「まあ、兄弟の中では落ちこぼれである私が、好き勝手に生きていることの言い訳だな」

と冗談めかして締めた。会話の切り返しのうまさから、オリヴェルの地頭《じあたま》の良さはすでに十分伝わっている。この賢い男のどこをどう見たら落ちこぼれになるというのか。

くすくすと笑い声を漏らすメロウに、オリヴェルは眉尻を下げ安堵の表情を見せた。

「君が笑ってくれて良かったよ、メロウ」

「え？」

「初めて会ったときは青ざめた顔で怯えていただろう？　二回目に会ったときの記憶が私にはないから、ずっと気にかかっていた。また全身を震わせながら私の前に立っていたのではないかと」

静かな口調で語られた事柄に、メロウはティーカップの取っ手を握ったまま動きを止めた。

かつては捕食する側とされる側だった……という歴史がある以上、草食獣が肉食獣に本能的な恐怖心を抱くのは仕方がないと思っていた。だから肉食獣にとっても、よくある些細《ささい》な出来事として受け止められるものと考えていた。

自分を怯えさせたことを、オリヴェルが今まで気に病《や》み続けていたなんて思ってもみなかった。

「……ごめんなさい。僕、オリヴェルさんにそんな風に思わせていたなんて想像してなくて」

「謝らないでくれ。メロウはなにも悪くないのだから」

しゅんと肩を落とすメロウに、オリヴェルが慌てて首を横に振った。和《なご》やかだったテーブルに沈黙が落ちる。思案する様子を見せたオリヴェルは、少しの間ののちにイェリクにフレーバーティーのおかわりを頼んだ。空になっていたメロウのティーカップも回収される。

二杯目は優しい色味のミルクティーとなってメロウの前に置かれた。そっとティーカップを持って一口飲むと、先ほどとはまた違うまろやかな味が舌の上に広がっていく。

「メロウ。君をこの屋敷に招いたのは私だ。だが、私と会うか会わないかの決定権はいつだって君にあることを、どうか忘れないでほしい」

オリヴェルもケーキをいくつか摘まみ、一息ついてから改めて告げる。

「もう辞めたいと思ったときは、いつでも私の依頼を断ってくれて構わない。獰猛な狼のそばにいるのだから、恐ろしいと感じるのが当たり前なんだ。相手は客だからとか、貴族だからとか、そんなことを気にして嫌々私の元へ通うことだけはしてほしくない」

最大限にメロウの気持ちを配慮してくれるオリヴェルを、初対面のときは好ましく思った。けれど今はその遠慮深さを、一定に保たれた距離を、なぜか少しばかりもどかしく感じる。

自分の中に生まれた小さな変化に戸惑うメロウは、オリヴェルにどんな言葉を返したらいいか分からなかった。困り顔で視線をさまよわせたのち、「あの」と躊躇いがちに口を開く。

「この間、朝まで熟睡してから調子が良いと言ってましたけど、前よりスムーズに入眠できるようになったとか睡眠時間が増えたとか、そういうことですか？」

「ああ、いや……ぐっすり眠れたのはあの日だけだ。まったく眠れなかった日々に比べたらましだが、入眠には二時間以上かかる。ようやく眠っても夜中に何度も目が覚め、睡眠は途切れ途切れだな」

獣返りした日を境に快方に向かった、などという都合の良い展開はやはり訪れないらしい。メロウは膝に手を乗せると、オリヴェルにまっすぐ目を向けた。

「そろそろ始めましょうか。今日のご依頼分の魔法を」

オリヴェルの気遣いに対し自分が返せるものは、やはり穏やかな眠りしかない。今日こそ魔法を成功させようと決意し、メロウは慎重な動作でティーカップをソーサーに戻した。


春の太陽はまだ西の空に居座っているが、時計の針は夕刻が近いことを指し示す。メイドに案内されて屋敷の正面に向かったメロウは、馬車の御者席に座るラーシュと目が合うとぺこりと頭を下げた。オリヴェルやイェリクの姿がないと気づいたラーシュが、右の眉だけを器用に上げる。

「なんだ、あんた一人なのか？」

「ティータイム用の焼き菓子を、オリヴェルさんが『せっかくだから土産《みやげ》に持ち帰るといい』と言ってくれて、入れ物に詰めてもらってるんです。僕は先に馬車で待っているように言われたので」

「そうか。うちのパティシエの菓子はうまかったか？」

「はい、とても」

極力にこにこしていようと努めたが、あとは帰宅するばかりという状況のせいか気持ちが保てず、我ながら元気に欠ける返答になった。明らかに気落ちしているメロウに、御者席から降りてきたラーシュが、トランクケースを馬車に積み込みながら遠慮のない視線を寄越す。

「どうした、魔法が失敗でもしたのか？」

「う……、……はい」

ずばり核心をつかれ、メロウは誤魔化しきれず正直に頷いた。

今日の依頼に備え、自分なりに努力を重ねたつもりだった。比較的魔法の成功率が高い物語を複数選び、より話に入り込めるようなしゃべり方を何度も練習をした。癒しのベルの振り方だって、心に響く美しい音色になるよう配慮した。

それなのに、メロウの魔法はまたしてもオリヴェルを眠らせることができなかった。

(「メロウのペースでゆっくり取り組んでもらえたらいいから」ってオリヴェルさんは言ってたけど、本当は魔法をかけるたびに改善していくのが理想なんだよな……)

今度は怯えずにまどろみの書を読み上げられたのに、オリヴェルはうとうとする気配すらなかった。いよいよ自分の中にあるはずの魔力の存在すら疑わしくなり、メロウは顔の前で開いた手をまじまじと見る。若く小さな、頼りなげな手のひらに、思わず溜め息がこぼれかけて慌てて唇を結んだ。

(弱気になっちゃ駄目だ。可愛い弟や妹に応援してもらって、尊敬するじいちゃんの跡継ぎとして眠り屋になったんだから。いつだって前を向いて、胸を張っていなきゃ)

尻尾を振るいつものおまじないをして、メロウは折れそうになる心を一生懸命繋ぎ止めた。意識して明るい表情を作り、楽しい話題を探す。

「オリヴェルさんが、ラーシュさんとイェリクさんは幼なじみだと言ってました。仲良しだから、お父様のお屋敷から引き抜いてきたんだって。確かに新しい場所で新しいことを始めようとしたときに、親しい友人が一緒だと心強いですよね」

　ファラベルバルに単身引っ越してきたメロウは、眠り屋稼業を安定させるのに必死で、友人と呼べる存在が身近にいなかったことに気づく。近隣住民には親切にしてもらっているが、オリヴェルの依頼を引き受けるまでは他の獣人とゆっくり交友を深める余裕はなかった。

　フレーバーティーと焼き菓子を味わいながら、他愛ない会話をするなんて随分久しぶりだった。オリヴェルと過ごす時間が思いがけず楽しかったからこそ、メロウの気持ち次第でいつでも依頼を辞退して構わない、と言われたのが寂しかった。

（イェリクさんやラーシュさんみたいに、いなくなったら困る存在……という風には扱ってもらえてないってことだよな。まだお互いをほとんど知らないし、眠り屋としてもなんの成果もあげられていないから当たり前なんだけど）

　いつの間にか己の中に芽生えていた我が儘《まま》な気持ちを持て余していると、隣に並んだラーシュがふいに真面目な顔をした。馬車の車体に背中を預けて腕組みし、西日を浴びてオレンジ色に染まる花々を眺めながら静かに口を開く。

「オリヴェル様は助けてくれたんだ。父親であるグスタフから解雇されたり、草食獣であることを理由に不遇な扱いを受けている従者を自分のもとで雇ってくれた。……俺もイェリクもそうだった」

　思いがけない告白にメロウは言葉を失った。そんな事情があったなんて、オリヴェルの和やかな語り口からは想像もしていなかったから。

ラーシュの話によると、イェリクの父親は優秀な魔法使いだったが、魔法使いの素質の有無を判断する十歳になっても、イェリクには魔力が宿らず仕舞いだったのだという。成人するまでは父親同様に従者として働かせてやるが、十六歳を迎えたらすぐに屋敷を出て行くようにと通告されていた。

　魔力を持たない草食獣に価値などない、といったグスタフの言動に腹を立てていたラーシュは、御者の魔法使いでありながら、反抗的な態度を理由に解雇を言い渡された。

　ヤク族のパティシエは高い技術を持ちながら、草食獣だからという理由でいつまでも見習いから昇格させてもらえなかった。サイ族の庭師は脚立《きゃたつ》から落ちたことが原因で左足に麻痺《まひ》が残り、なんの保障もないままクビになった。他の従者たちも皆、グスタフの横暴によって職を失ったり、差別的な扱いを受けていた。

「オリヴェル様は俺たち一人一人に敬意を持って接してくれる。そんなオリヴェル様だから、少しでも力になりたいってみんな思うんだ。貴族の横暴に耐えかねて、屋敷勤めの草食獣はすぐに離職しちまうもんだが、俺たちはオリヴェル様が家を離れた十六歳のときからずっとあのひとに仕えてる」

　聡明で、心優しく、種族による格差など意に介さない。メロウが感じたオリヴェルの印象は間違っていなかったのだと、長年彼のそばにいるラーシュの発言で確信する。イェリクだって、オリヴェルに恩を感じているからこそ、多少強引な手段を使ってでもメロウを彼の元へ連れて行ったのだ。

　そんな風に、草食獣の従者たちから感謝され、慕われている相手が依頼主なのだと思うと、仕事への情熱がより燃え上がる。自分も早くオリヴェルの力になりたいとメロウは思った。

（ゆっくり僕のペースでなんて、そんな悠長なことじゃ駄目だ。オリヴェルさんのためにも、ラーシュさんたちのためにも、一刻も早くオリヴェルさんの不眠を治さなきゃ）

決意とともにメロウが固く拳を握ると、目の前の屋敷からオリヴェルとイェリクがやってきた。イェリクは腕に紙箱を抱いていて、例の焼き菓子だろうと推測する。

「お待たせ、メロウ。パティシエがおかわり用のお菓子まで焼いていたらしく、結構な量になってしまった。自宅に運ぶ際はイェリクにも手伝ってもらって……」

「あのっ、オリヴェルさん！　子供のときに読んでもらった絵本とか、どんなぬいぐるみを抱いて寝ていたかとか、覚えてませんか？」

紙箱を指差して説明するオリヴェルに、メロウは前のめりになって尋ねた。オリヴェルはぽかんとして、それから顎《あご》に手を添えて思案する。

メロウの魔法は、大切なひとから向けられた愛情がベースになっていた。慈愛に満ちた読み聞かせの声、守られているという絶対の安心感。その記憶をくすぐり、依頼主が最も安らぐ心理状態に近づけて安眠をもたらす。

まどろみの書と癒しのベルを使った魔法は比較的初級編だ。中級以上の魔法使いは、依頼主のお気に入りだった絵本に魔法をかけて幼少期の記憶との相乗効果を狙《ねら》ったり、特定のぬいぐるみを抱くと自然と眠気が訪れるような効果を与えたりすることもできる。

祖父は絵本に描かれた内容を「夢の世界」と捉え、その夢を具現化する高等魔法まで扱っていた。

（僕にはまだ早いと思って手を出してなかったけど、中級魔法を使うことでオリヴェルさんの不眠が改善するなら、挑戦する価値はきっとあるはず）

メロウは俄然やる気を漲《みなぎ》らせるが、オリヴェルは対照的に渋い表情を見せた。

「特にないな……」

「なんでもいいですよ。そういえばこんな話を読んでもらったなーとか、こんな大きさのぬいぐるみを抱いて寝てたなとか、思い出せる記憶があればなんでも。絵本は本屋や図書館で探してみますし、ぬいぐるみは近いものを用意するので」

「いや……その、ないんだ。本当に、一つも。……父が、利益を生まず権力の象徴にもならないものは屋敷に置かない主義でね。絵本やぬいぐるみを与えてもらった記憶がない。私の世話はほとんど乳《う》母《ば》がしてくれていたから、父に遊んでもらったり、母に読み聞かせをしてもらった経験もなくて」

言いづらそうに告げるオリヴェルに、メロウはどんな反応を返せばいいのか分からなかった。

メロウの父は普段は自宅を留守にしているが、帰宅した際はくたくたになるまで遊んでくれた。母は六人の子供を褒《ほ》めたり叱ったりしながら愛情深く育て、ほとんど家にいない父親の分までメロウたちを守っていた。祖母はメロウに料理を教え、祖父は優しい読み聞かせで孫たちをぐっすり眠らせた。

当たり前に得ていた幸福が、すべての獣人に当てはまるわけではないと知り、メロウは大きな衝撃を受けた。遅れて、じわじわとした不安が胸の奥に広がる。

ただでさえ魔法の成功率が低いのに、安らぐ記憶の取っかかりすらないのでは、一体どうやってオリヴェルを眠らせたらいいのか。

（いや。そういう記憶がないなら、これから作っていけばいいんだ）

　焦りで心が曇りそうになる自分を奮い立たせ、メロウはオリヴェルに向かって一歩踏み込んだ。

「それなら今度、僕と一緒に選びましょう！　寝室に行くのが楽しみになるようなわくわくする絵本と、抱きつくだけで癒しになるぬいぐるみを」

　顔の前で拳を握り力強く宣言する。名案だと思ったのだが、オリヴェルは呆気に取られた様子で目を丸くした。そばに立っていたラーシュが噴き出し、イェリクは派手に咳《せ》き込む。

「絵本とぬいぐるみを……？　私が自分のために用意するのか？」

「はい！　お天気が良い中、ぬいぐるみをぎゅっと抱きしめてベッドに転がるのって最高に気持ち良いんですよ！　絵本も楽しいものを選びましょう。何度も繰り返し読みたくなる本がいいですね」

　表情を輝かせて語るメロウに、オリヴェルはぽかんと口を半開きにした。それから整った美貌をくしゃりと崩し、太陽色の目を細めてくすくすと笑った。楽しくて仕方ないとばかりに。

　その、無邪気でありながら繊細で美しい笑顔から、メロウは目が離せなくなる。

「ああ。私は初心者なので、ぜひメロウに選んでほしい。今度は屋敷ではなく、街に行って二人で買い物をしよう」

　心の底から嬉しそうな声を聞くと、また少し距離が縮まったように感じられた。屋敷にやってきたときは憂鬱《ゆううつ》な気持ちでいたのに、今のメロウは、すでに次回の約束に胸を弾ませているのだった。

　数少ない固定客であるサリアン夫人の発言に、ベッド脇の丸椅子に腰かけていたメロウは「え？」と顔を上げた。サリアン夫人の寝室で、使いこなせずに今日の役目を終えたまどろみの書と癒しのベルをトランクケースにしまっていたところだった。

「あのね、メロウさんへの依頼は今夜で最後にしようと思うの。急で本当に申し訳ないのだけど」

　気まずそうに眉を下げ、サリアン夫人は今し方話したばかりの内容を繰り返した。最初に聞いたときは単語だけが耳に残り、文章として入ってこなかった言葉が、メロウに改めて現実を突きつける。

「あ、あの、理由を聞かせてもらっても……？」

　動揺で舌をもつれさせながら尋ねるが、なにが理由かなんて聞くまでもなかった。サリアン夫人に対し、メロウの魔法は三回に一回しか効かない。ようやく効いた一回も効果が薄く、夜中に目を覚ますと再び眠れなくなってしまうという。

　それでもあえて理由を聞いたのは、どこかで期待していたからだ。例えば引っ越しのような、メロウの仕事とは無関係の理由で、依頼するのを辞めざるを得なくなった……という返事が来るのではないかと。

　けれど現実はメロウにとって都合の良い展開を運んできてはくれない。

「遠い街に住む息子がね、それはもう医者にかかるべきだろうって言ってて。不眠を治せない相手にずっとお金を払い続ける必要なんてない、次の依頼で最後にしたほうがいい、って……」

　獣人の中では大柄《おおがら》なカバ族であるサリアン夫人が、申し訳なさそうに身を縮こませた。平手で頬を張られたような衝撃に、メロウは茫然自失となる。一方で、サリアン夫人の息子の言い分を「もっともだ」と思う冷静な自分もいた。

　サリアン夫人は入眠に時間を要するタイプの依頼主で、時折中途覚醒の症状が出る。とはいえ時間をかければきちんと眠れるし、仕事をしているわけではないので起床時間が遅れても問題はない。本来は、眠り屋による入眠の習慣づけで十分対処できるはずなのだ。

　それが叶わないのはメロウの実力不足にほかならなかった。依頼を断られて当然だと思った。

「メロウさんのハーブティー、わたしはとても好きだったわ。優しくてほっとする味で」

「……ブレンドの分量をお教えします。お近くの茶葉店でリーフを購入してもいいですし、眠り屋のそばを通ることがあれば、僕のお店で買うこともできるので」

　懸命に笑みを作ると、サリアン夫人もようやく表情を和らげ、「ありがとう。またぜひ立ち寄らせてもらうわ」と頷く。そういう依頼主の気遣いがなによりもメロウの胸を刺した。

『嫌々私の元へ通うことだけはしてほしくない』

　ふいにオリヴェルの言葉がよみがえり、メロウは震えそうになる唇を固く結んだ。サリアン夫人はずっと断れずにいたのだろうか。この半人前の、役立たずの眠り屋の仕事を。

翌日は昼前からオリヴェルと会う約束になっていた。前回の依頼時に話した、オリヴェル専用のぬいぐるみと絵本を一緒に選ぶためだ。

屋敷の外でオリヴェルと会うのも、馬車に乗らずに中央地区を歩くのも今回が初めてだった。最初に訪れた際は肉食獣への恐怖で身が竦んだが、オリヴェルのおおらかな人柄に触れるうち、自分はただ「野蛮な肉食獣」というイメージに振り回されていただけなのだと気づいた。

肉食獣が草食獣を見下しているというのも、草食獣が勝手に被害妄想を膨らませているだけかもしれない。オリヴェルのように、草食獣に対し友好的な姿勢の肉食獣も案外多いのではないか。そう思ったら、中央地区での買い物が途端に楽しみになった。

けれどわくわくした気持ちでいられたのは昨日の夕方までで、サリアン夫人から依頼の終了を告げられてからというもの、メロウは胸の奥に渦巻く自己嫌悪の思いに捕らわれていた。

馬車の外を流れる景色を見ていても気持ちは少しも弾まない。今日は中央地区に入ってすぐにオリヴェルと合流する予定なので、ラーシュのみがメロウを迎えにきた。

勘の鋭いイェリクが同乗しなかったことにメロウは密かに安堵していた。昨夜はほとんど眠れなかったので、血行を促進するハーブティーを飲み、なんとか人前に立てる程度の顔色に戻してきたのだ。

（僕の個人的な悩みのせいで、依頼主のオリヴェルさんに心配をかけるわけにはいかない）

レンガ橋を通った馬車は、中央地区の繁華街の入口付近で停車した。少し離れたところにオリヴェルとイェリクが立っていて、メロウが馬車を降りるとにこやかに片手を上げる。

　ぺこりとお辞儀《じぎ》をするメロウに、オリヴェルのほうから近づいてきた。

「やあ、メロウ。来てくれてありがとう。君と出かけられるのを心待ちにしていたんだ」

「僕もです。昨日の夜から楽しみで、なかなか眠れなかったくらい」

　本当はそんなポジティブな理由で寝不足になったわけではなかったが、オリヴェルはメロウの言葉を疑わず、興味深げに眉を上げた。

「眠りの魔法使いでも眠れないことがあるのかい？」

「そりゃありますよ！　魔法使いって言ったってただの獣人です」

　意識してはしゃいだ声をあげるメロウに、オリヴェルが微笑ましいものでも見るかのように目許を綻ばせた。その様子にメロウもほっと息をつく。良かった、ちゃんと笑顔を作れている。

　とにかく今はサリアン夫人の一件は頭の隅に追いやって、オリヴェルとの買い物を楽しもうと決めた。ほとんど依頼が来ない自分とは違い、オリヴェルは仕事の合間を縫って時間を作ってくれたのだ。他のことに意識を捕らわれ、ぐずぐず落ち込んでいたのではオリヴェルに失礼だろう。

「じゃあまずはぬいぐるみを選びに行きましょうか！　オリヴェルさんにばっちり馴染むぬいぐるみを見つけてみせるので、安心してついてきてくださいね！　……あっ、でも道が分からないので案内してもらってもいいですか？」

　メロウは勢い込んで宣言して力強く拳を握ったが、そもそもどこになんの店があるのかも分からないと気づく。空回りが恥ずかしくて頬を染めるメロウに、オリヴェルが口許に手を添え、笑いを噛み殺した声で「もちろんだとも」と答えた。

メロウのトランクケースを預かったイェリクは、ラーシュの馬車で屋敷へ戻っていった。メロウとオリヴェルの二人で中央地区を歩き出す。

東地区は花で街全体に彩りを加えているが、中央地区は建物自体が豪奢だ。扉の上に華やかなステンドグラスが設置されていたり、赤や黒といった強い地の色に金色の装飾を施していたりと、高級感を前面に出した店舗作りをしている。服飾店の巨大なショーウィンドウにはきらびやかなドレスやジャケットが飾られていて、見ているだけでも楽しかった。

草食獣の自分が中央地区を歩けば注目を浴びるかもしれない。そう覚悟していたが、予想に反し肉食獣の通行人はメロウの存在など気にも留《と》めなかった。

（なんだ。やっぱり肉食獣だって草食獣との格差なんて気にしてないんだ）

上品なベージュの石畳を歩いているうちに、アイボリーを基調にしたやわらかな配色の店にたどり着いた。扉のすぐ横から金属製の棒が突き出し、店名が印字されたフラッグを垂らしている。

オリヴェルは「さあ、ここだ」と言ってドアノブに手をかけ、上部が半円形の扉を開いた。

「わあ……！」

扉の先に広がっていた光景に、メロウは思わず歓声をあげた。明るい店内に所狭しと並ぶのは、クマを始めとする様々なぬいぐるみだった。

手のひらサイズの小さなぬいぐるみもあれば、メロウが両腕を回しても抱きしめきれないであろう大きさのぬいぐるみもある。ふわふわの毛並みのもの、数種類の布を縫い合わせたもの、レザーを使用した大人っぽいものなど、素材も多様だ。

クマだけでなく、首にリボンを巻いた垂れ耳のうさぎや、洒落たベストを羽織《はお》った猫など、様々な種類の動物がモチーフになっている。店内にはメロウたちの他に客の姿がなく、ゆっくりと買い物を楽しめそうだった。

メロウたちの来店に気づいた老齢の男性が、店の奥から顔を出した。この店の店主のようで、垂れた獣耳と腰から下がる尻尾から、イヌ族だろうと判断した。犬種は多分、ミニチュアシュナウザー。小柄なため威圧感がないのがありがたい。

「いらっしゃいませ、バリエンフェルト様」

オリヴェルの前にやってきた店主が丁寧に頭を下げた。

「やあ、初めまして。以前から見かけてはいたが、入店するのは今日が初めてなんだ。老舗《しにせ》のぬいぐるみ店なのかな？」

「はい。もう一〇〇年以上この場所で経営しており、わたくしで三代目となります。バリエンフェルト様のお目に留まっていたとは、大変光栄にございます」

二人のやりとりを聞いていたメロウは、あれ、と目を瞬かせた。オリヴェルを見てすぐに名前を呼んだので、てっきり行きつけの店なのかと思ったのだが、彼らは今日が初対面らしい。

（ぬいぐるみを持ってたことが一度もないのに、ぬいぐるみ店に常連ってことはないか。……あ、そっか。オリヴェルさんが有名人だからだ）

東地区でオリヴェルについて尋ねたときも、あっという間に情報が集まったくらいだ。中央地区ではもちろん、オリヴェルを知らない者などいないのだろう。オリヴェルに二人の兄がいる事実をメロウが把握していても、彼は別段驚いた様子を見せなかった。

見ず知らずの相手にまで自分の情報が知れ渡ってるって大変だな……と、今さらながらに実感する中、店主が「それで」と話を切り出す。

「本日はどなた様へのプレゼントをお探しですか？」

当たり前のように尋ねられ、メロウとオリヴェルは顔を見合わせた。悪戯《いたずら》っぽく口角を上げたオリヴェルは、店主に向き直ると自分の胸に手を当てる。

「今日は自分用のぬいぐるみを買いにきたんだ。彼に選んでもらうつもりなので、お手伝いしていただかなくて大丈夫だよ」

オリヴェルの返答に店主は一瞬目を丸くして、けれどすぐに深々と頭を下げた。

「左様でしたか。それではお気軽にお手に取っていただき、ごゆっくりお選びください」

邪魔しないようにと気遣ったらしく、店主は早々に店の奥へ戻っていく。その際に一度だけ目が合ったが、店主は不思議そうにメロウを見つめたのち、すぐに笑顔に戻って会釈をする。なんだろう？と思いつつメロウも軽く頭を下げた。

「ぬいぐるみを抱いて眠るといい、とメロウは言っていたね。どういう種類のぬいぐるみがおすすめなんだい？」

オリヴェルはそばにあった標準的なサイズのクマに手を伸ばすと、赤子に触れるかのような繊細な動作で腕に抱いた。ぬいぐるみの後頭部に手を添えて頬を寄せる。華やかな美貌のオリヴェルが、可愛らしいぬいぐるみを抱く姿はギャップがあって、メロウは思わず見入ってしまった。

いつまでも返事を寄越さないメロウに、オリヴェルは「ん？」と言って小首を傾げた。長い睫毛に縁取られた美しい目が向けられ、メロウの心臓はドキッと音を立てる。

（えっ、なんか……そういう仕草するのずるくない!?）

一分の隙もない端正な容姿を持ちながら、自分には砕けた表情を見せてくれるのだと思ったら胸が高鳴った。すぐそばに立つ年上の男が格好良いのに可愛くて、頬がぽぽぽっと熱を持つ。

どぎまぎするのを誤魔化すように咳払いをして、メロウも近くにあったぬいぐるみを抱き上げた。

「えっと、抱きぐるみにするなら、ある程度大きさがあったほうがいいかなって思います」

「自分の背丈の半分くらいか？」

「そうですね。あとはふかふか具合も大事かなあ。僕は全身で抱きついて寝たい派なんですけど、触り心地がしっかりしてると、腕を乗せたり脚を絡めたりしたときに疲れちゃうんですよ」

「……、今もぬいぐるみを抱いて寝ているのか？」

「え？　はい。大きなラクダのぬいぐるみを毎晩抱っこしてますよ。眠そうな顔でベッドに転がっているのを見ると力が抜けるっていうか、僕もほわーんとしてきちゃうんです」

大真面目な顔で語るメロウに、オリヴェルは真顔になった。なにを思ったのか、唐突に目許を手で覆うと、「ラクダ……」とこぼして顔をうつむける。また笑いを堪えているのかと思って観察していると、指の隙間から覗く目尻がほのかに赤く染まっていた。

一体どうしたのかと首を傾げるメロウに、オリヴェルは背中を向けて店内を見回した。その視線がとある一点で止まる。

「あの子なんてどうかな？」

迷いのない足取りで窓際に向かったオリヴェルは、棚に飾られていたぬいぐるみを両腕で抱えた。大きさはちょうどオリヴェルの背丈の半分くらいで、足を投げ出すような脱力感のある体勢が和む。オリヴェルがぎゅっと抱きつくと腕が食い込み、ほど良いやわらかさが伝わってきた。

確かに抱きぐるみとしては最適だと思う。……思う、のだが。

「羊のぬいぐるみは、ちょっ……と、恥ずかしくないですか……？」

なぜよりによって羊を選ぶのかと、メロウは居たたまれない気持ちで視線を泳がせた。オリヴェルが愛しげに羊の顔に頬を寄せる様など、照れてしまってまともに見ていられない。

「どうしてだ？　メロウも普段はこうやって眠っているんじゃないのか？」

「そ、そうなんですけど～！　あ、ほらっ、犬も可愛いですよ！　アライグマももふもふだし！」

「私はこの子が一番可愛いと思う。ほら、ちょうど体に密着して、自分も抱きしめてもらっているような気持ちになるんだ。確かにぬいぐるみに添い寝してもらうのは気持ち良さそうだな」

　すっかり羊のぬいぐるみを気に入ってしまったオリヴェルは、他のぬいぐるみには見向きもしなかった。メロウは赤い顔で眉を下げ、おたおたと目を泳がせるが、オリヴェルの腰で銀色の尻尾が楽しげに揺れているのに気づき動きを止めた。

「もうっ、オリヴェルさん！　からかってるでしょ！　面白がって尻尾振ってるの見えてますよ！」

「おや、しまったな」

　メロウが力いっぱい尻尾を指差しても、オリヴェルは悪びれる様子もなくとぼけた返事をした。けれど羊を手放す様子はなく、つぶらな瞳のぬいぐるみの頭にぽんと手を置く。

「確かにメロウの反応が可愛くて過剰に抱きしめてしまったが、でもこの子がいいなと思ったのは本当なんだ。私の家にお迎えしてもいいかい？」

　まるでメロウ本人にするかのように、オリヴェルはぬいぐるみの頭を優しく撫でた。メロウは悔しいやら気恥ずかしいやらで、子供っぽく唇を尖らせる。なんとなく目のやり場に困って視線を外すと、小ぶりなサイズのカバのぬいぐるみが視界に飛び込んできた。

「あ……」

　昨夜の記憶が不意打ちで顔を覗かせて、メロウの心を乱暴に揺すった。サリアン夫人を失望させる半人前のくせに、のんきに買い物を楽しむ余裕などあるのかと、急激に湧き出たネガティブな気持ちがメロウを嘲笑《あざわら》う。

「メロウ？」

突然表情を失ったメロウに、オリヴェルが不思議そうに声をかけてきた。はっとしてメロウは顔を正面に戻す。いけない、オリヴェルさんといる間は思い出さないようにしようって決めたのに。

「ぼ、僕が許可することじゃないですし、オリヴェルさんが気に入ったならいいんじゃないですか？」

我ながら可愛げの欠片《かけら》もない返事だと思ったが、オリヴェルは「ありがとう。大事にする」と上機嫌に微笑んだ。意気揚々と会計をしに行く後ろ姿を見送り、メロウは細く息を吐く。奇妙な焦りによって謎の疲れが生まれてしまった。

手持ち無沙汰となったメロウが店内を眺めていると、肉食獣モチーフが並ぶ場所に銀色の三角耳を生やしたぬいぐるみを見つけた。片手で持てるサイズのそれは、ぺたんと尻をつけて座る狼だった。

思わず近寄って手に取ったのは、そのぬいぐるみがオリヴェルを彷彿とさせる毛色であったからだ。よく見れば虹彩も金色で、獣返りをしたときのオリヴェルに瓜二つだ。

あのときのメロウは腰を抜かしていたのに、よく似たぬいぐるみを前にしても恐怖心がよみがえることはなく、むしろ胸が温かくなるような懐かしい気持ちになる。

（僕もこの子をお持ち帰りしようかな。オリヴェルさんに見つかったらまたからかわれるかなあ）

先ほどのやりとりを思い出してくすっと小さな笑い声を漏らすと、メロウはなにげなく狼が置かれていたコーナーに目をやった。端に立てられた小さな値札を見て目玉が飛び出しそうになる。

（金貨三枚と銀貨五枚!?　うそっ、予想してた金額と桁《けた》一つ分違うんだけど!?）

ファンシーなぬいぐるみばかりが並ぶ店とはいえ、ここが富裕層の街だということをすっかり失念していた。とても手が届く代物ではないと、メロウは泣く泣く狼のぬいぐるみを棚に戻す。

　そのタイミングで、オリヴェルが会計を終えて戻ってきた。

「メロウにもお気に入りの子が見つかったのか？」

　店名入りの巨大な紙袋を肩から提《さ》げるオリヴェルに、メロウは慌てて首を横に振った。小さなぬいぐるみですらぎょっとする値段なのだ。あの大きな羊のぬいぐるみは一体いくらだったのだろう。

　とても尋ねる勇気は出ず、メロウは「次は本屋に行きましょうか」と退店を促した。

　書店で絵本をいくつか見繕ったあとは、オリヴェルの提案でカフェに入ることにした。落ち着いた色合いの木目の床に白い壁が映《は》える店内は、ランチ時ということもあって多くの肉食獣がいる。

　ネコ族の店員に案内され、オリヴェルとともに店の中を進んだメロウは、自分が他の客から注目を浴びていることに気づいた。

（え？　え？　なに？　外を歩いているときは誰も気に留めなかったのに、どうしてカフェの中だとじろじろ見られるんだ？）

　奇妙なものでも見るかのような露骨な視線にたじろぐ。大きなパラソルが立つテラス席に通され、椅子に腰かけたところでメロウはようやく息をついた。

「買い物に付き合ってもらったので、ぜひごちそうさせてほしい。メロウはなにが食べたい？」

　そう言って、正面の席に着いたオリヴェルが見開きのメニュー表を差し出してきた。

「そんな、お昼くらい自分で払いますよ」

苦笑してメニュー表を受け取ったメロウは、記された金額に硬直した。そうだ。ここは小さなぬいぐるみ一つで、金貨三枚と銀貨五枚の値段がする街じゃないか。

自分で支払うとなると飲み物一杯が限界だが、オリヴェルの「ごちそうする」宣言に乗じて好き勝手に注文できるほど図太くもなれない。洒落た料理名の羅列《られつ》を睨《にら》んだまま石のように固まるメロウに、オリヴェルはなにか考える素振りを見せたのち、ひょいとメニュー表を取り上げた。

「そう言わず、どうか私に華を持たせてくれ。ここのガレットがおいしいので、メロウさえ良ければぜひ食べてもらいたいんだが、どうかな？」

間抜けな顔で一連の動作を眺めていたメロウに、オリヴェルが悪戯《いたずら》っぽく片目をつむってみせた。どの料理を選べばいいのか分からずにいたので、助け船を出してもらえてほっとする。

オリヴェルの言うとおり、彼の厚意に甘えようと決め、メロウは目許を崩してはにかんだ。

「へへ、それではありがたくごちそうになります。ガレット、僕も大好きなんです」

メロウの笑顔にオリヴェルも釣《つ》られるように表情を和らげる。店員を呼んで注文を済ませたあとは、今日買い物をした店や、オリヴェルに仕える個性豊かな従者についてなど、様々な話をしながら料理を待った。店内の客に見られていたことも忘れて、メロウはオリヴェルとの会話を楽しんだ。

しばらくして店員がガレットとサラダのワンプレートを運んできた。ガレットは数種類のきのこのソテーと玉ねぎを皮で包み、中央に卵を落としている。フリルレタスにパプリカと紫玉ねぎを散らしたサラダが添えられ、鮮やかな彩りが目にも楽しい一皿だ。

ドリンクはベリー類を沈めた炭酸水で、泡が弾ける表面にミントが浮かべられていた。一気に華やかになったテーブルに、メロウは表情を輝かせる。

「わあ！　おいしそう！　いただいちゃっていいですか？」

「もちろん。どうぞ召し上がれ」

嬉々としてカトラリーを手に取り、メロウは早速ガレットにナイフを入れた。オレンジがかった黄味がとろっとこぼれる。皮ごと切って糸を引くチーズとともにフォークでまとめ、具材を落とさないよう注意しながら口に運んだ。

ガレットのほのかなそば粉の味が広がり、次にバターで炒めたきのこの旨味が舌の上に広がった。チーズと卵の組み合わせも濃厚で堪らない。羊耳を背中のほうへ伏せ、メロウはぱたぱたと尻尾を振りながら食事を楽しんだ。

プレートに盛られた料理を綺麗《きれい》に平らげ、ストローで炭酸水を啜《すす》って一息ついていると、氷の上に載ったミントの葉にふいに目が留まった。

その拍子に、忘れようと努めていたはずの元依頼主の顔が、再びまぶたの裏によみがえる。

（サリアン夫人は、ミントは苦手だったな……）

トランクケースに詰めてきた小瓶をテーブルに広げ、サリアン夫人とともに様々なハーブを試した日のことが頭に浮かんだ。

魔法が効かなかった申し訳なさはあるが、「これは良い香りねえ」「これはちょっとわたしには合わなそうだわ」というサリアン夫人の意見を取り入れ、二人でオリジナルのハーブティーをブレンドするのは楽しかった。

（ああいう時間も全部、無意味だったってことなのかな。お医者さんに診てもらったり、他の眠り屋に頼ったりすればすぐに解決する症状を、僕が悪戯に引き延ばしていたのかな）

オリヴェルと別れるまでは元気な自分でいようと決めたのに、知らず知らずのうちに溜め息が落ちてしまった。はっとしてメロウが顔を上げると、こちらを見ていたオリヴェルと視線がぶつかる。

オリヴェルはなにも言わず、メロウの瞳の奥にある感情を探るように静かな眼差しを寄越した。それから唇を結び、テーブルに手をついて腰を上げる。

「ちょっとだけここで待っていてくれるかい？　メロウはドリンクを飲んでゆっくりしていて」

「あ、いえ、僕ももう出ますから……」

「大丈夫。すぐに戻ってくるから。ね？」

朗《ほが》らかな笑みを見せたオリヴェルは、ぬいぐるみ入りの紙袋を席に残したままメロウの元を離れた。流れるような動作で支払いを済ませ、店を出て行ってしまう。その背中を目で追っていたのはメロウだけではなく、他の客も好奇心のままに見つめていた。

所在ない思いでメロウがストローに吸いつくと、周囲から潜《ひそ》めた声が漏れ聞こえてきた。

「さっき出て行ったの、伯爵の三男だろ？　なんで従者と一緒に食事してるんだ？」

「二人の話を聞いてたら、まるで友人同士みたいなやりとりをしてたけど……」

「まさか！　平民の草食獣が肉食獣と友人になるなんてあり得ないでしょ。身分がまったく釣り合わないじゃない」

密やかな揶揄《やゆ》が店全体に広がっていく。彼らの言葉の意味を正しく理解し、メロウは冷や水を浴びせられたような気持ちになった。オリヴェルと同じ時間を過ごしていたときは楽しくて胸が弾んだのに、今は言葉の一つ一つが氷の刃となって全身を突き刺すようだ。

メロウがオリヴェルと一緒に通りを歩いていても、不思議そうな顔をする肉食獣はいなかった。だがそれは、草食獣を対等な存在として見ているから……なんて理由ではない。

メロウは、オリヴェルの荷物を持つために同行した従者だと思われていたのだ。

（恥ずかしい……。周りからどう見られてるかも知らずに、肉食獣と対等になった気でいたなんて）

羞恥《しゅうち》で頬が火照《ほて》り、メロウはテーブルに視線を落とした。そこへ大きな影がかかる。

オリヴェルが戻ってきたのかと顔を上げたメロウは、すぐそばに立つ獣人にギクリと身をこわばらせた。ニヤニヤと口許をゆるめてメロウを見下ろしていたのは、縞模様の獣耳を生やしたトラ族の男だった。

「おいおい、どうしてこんなところに下賤《げせん》な草食獣がいるんだ？」

己の地位を誇示するかのような派手な身なりの男は、尻尾をゆらゆらと揺らしながら鼻で笑った。恵まれた体格がいかにも肉食獣といった風体で、メロウは本能的な恐怖で身動きが取れなくなる。

オリヴェルに慣れたからといって、すべての肉食獣に親しみを覚えているわけではないのだと、メロウの体がなによりも明白に訴えていた。

テーブルに片手をついた男は、唇を結び青ざめるメロウの顔を緩慢《かんまん》な動作で覗き込んだ。

「中央地区で優雅にお食事だなんて、おめでたい草食獣もいたもんだ。肉食獣と草食獣じゃ身分に雲《うん》泥《でい》の差があるっていうのに、バリエンフェルト様の三男と知り合いになったことで勘違いしたのか？　おつむの小さい羊くんは、平民が暮らす区域と上流階級が住む区域の境目も分からないらしい」

人差し指を立てて自分のこめかみをつつく男に、周囲からドッと笑い声があがった。もはや隠すつもりもない、メロウを馬鹿にした明確な嘲笑《ちょうしょう》。

顔が燃えるように熱を帯びるのに、体の芯は氷水に浸されたかのように冷えていく。こんな風に露骨な悪意を向けられる経験などしたことがなかった。人格が変わったオリヴェルですら、ただ苛立ちを露わにしていただけで、メロウを見下す言動はしていなかった。

膝の上に手を置いて震えるメロウに男は駄目押しする。

「分不相応な場所だって分かったら、とっとと平民の地区に……」

強制的に椅子から立たせようとしたのだろう。伸びてきた手にメロウはひゅっと息を飲んだ。あの手に捕らえられたら、きっと無惨に引き裂かれて食べられてしまう……――。

普段であれば考えもしないような被害妄想が膨らむ。あまりの恐ろしさに頭が真っ白になり、逃げることすら叶わなかった。

けれど粗暴な手のひらはメロウに触れることなく離れていく。すぐ横に立った新たな影が、男の肩をつかんでメロウから引き剝がしたのだ。

「失せるのはてめえのほうだ」

狼耳をピンと立て、険のある声で男を威嚇《いかく》したのはオリヴェルだった。

先ほどまで下りていた前髪は乱雑に上げられていた。眉間に深い皺を刻み、華やかな美貌を怒りに歪ませている。いつもの彼ではない、とメロウはすぐに察した。

（オリヴェルさんの第二の人格だ……——！）

困惑するメロウを背中に隠し、オリヴェルは男の胸ぐらをつかんだ。二人の体格に差はほとんどないが、メロウに代わって喧嘩を買ったオリヴェルに男は明らかに動揺していた。もう帰ったと思っていた伯爵の息子が戻ってきたので焦ったのもあるが、オリヴェルの激しい憤《いきどお》りに圧倒されたのが主な要因だろう。

「草食獣が中央地区で食事をしてなにが悪い。あんたが着ている服の素材は誰の魔法で生み出されたものなんだ？　この店で食った飯の疑似肉は？　味の良いコーヒー豆を生産してんのは？　数々の恩恵を受けておきながら、身分だなんだとくだらねえものに捕らわれて草食獣を見下す奴は虫酸《むしず》が走る」

燃え盛る炎を吐き出すように、オリヴェルは語調を強めて罵《ののし》った。対峙したトラ族の男だけではなく、メロウを嘲笑った者のすべてに敵意を向けているのだと分かる。

騒然とするテラスに、青い顔をした店員が飛んでくるのが見えた。オリヴェルの二重人格はごく一部の獣人のみが知る秘密だ、というイェリクの言葉を思い出し、メロウは慌ててオリヴェルの背中にしがみつく。

「もっ、もういいですから！　行きましょう！」

メロウが必死に声を張り上げると、勢いのまま立ち向かっていったオリヴェルの動きがようやく止まった。まだ納得がいかない様子ながら、渋々といった調子で男を解放する。体の芯を失ったかのように、トラ族の男はへなへなと床に崩れ落ちた。

忌々しげな舌打ちの音を漏らしながら、オリヴェルは席に置いてあった巨大な紙袋を乱雑に持ち上げた。その手には、同じ店名が印字された小ぶりな紙袋が一緒に提げられている。オリヴェルは先ほど立ち寄ったぬいぐるみ店に戻っていたらしい。

「立てるか？」

短い言葉で問われ、メロウはこくりと頷いた。椅子から腰を上げると、オリヴェルの大きな手に肩を抱かれる。躊躇なく引き寄せられ、衣服越しに半身が触れ合った。

（あ……、オリヴェルさんに触れるの、これが初めてだ）

普段の――主人格のオリヴェルはメロウを怖がらせないように配慮し、指一本触れようとしない。これほど近い距離にいるのも初めてだ。

けれどこうして第二の人格のオリヴェルに抱き寄せられても、恐ろしいとは思わなかった。初めて目にした彼も、今この場にいる彼も、メロウを守るための怒りが発端となって現れたのだ。そう考えると、大きな手に守られている事実にむしろ安堵を覚える。

いまだざわめきが残る中、メロウたちは足早にカフェをあとにした。


オリヴェルが主人格に戻ったのは、彼の屋敷に向かうために乗り込んだ馬車の中でだった。

カフェに戻った際にメロウがトラ族の男に絡まれていることに気づき、頭に血が上るのを自覚すると同時に意識が途切れたという。メロウも「例の記憶の欠落ですかね」と必死に素知らぬ顔を装った。

屋敷で出迎えたイェリクが紅茶を準備するべきか尋ねたが、オリヴェルは首を横に振った。

「いや、いい。これから私はメロウを書斎に連れて行くから、イェリクも一緒に来て部屋の前に立っていてくれないか」

そう指示を出して、オリヴェルは宣言どおりメロウを書斎へ案内した。落ち着いた雰囲気の室内には、重厚な造りのデスクと本棚、二脚のソファとローテーブルが設置されている。

ソファに座るように告げたオリヴェルは、イェリクが部屋に背中を向けて立つのを確認して扉を閉めた。狼である自分と二人きりにはなるが、すぐそばにイェリクが控えているから怯えなくていい、と示しているのだろう。

ローテーブルを挟んで向かい側に座ったオリヴェルは、紙袋を床に置き神妙な面持ちで口を開く。

「怖い思いをさせてすまない。中央地区の飲食店に草食獣を置き去りにすれば、ああいう出来事が起こる可能性もあったというのに、考えが及ばなかった」

深々と頭を下げるオリヴェルにぎょっとして、メロウは顔の前でわたわたと両手を振った。

「オリヴェルさんが謝る必要なんてありませんっ。カフェでの一件はむしろ僕が能天気だったのが原因っていうか……。中央地区に草食獣がいたらそりゃ不快に思うひともいますよね。なんか僕、オリヴェルさんに優しくしてもらって勘違いしてたみたいで」

いつものように尻尾を振って、沈み込んだ気持ちを持ち上げようとした。明るい顔をしていれば、心だって自然と前を向いてくれる。だから心配しなくて大丈夫だと、自分はもう立ち直ったからと、笑顔で伝えるつもりだった。

けれどいくらおまじないをして自分を奮い立たせようとしても、割れたコップに水を注いだそばから流れ出るかのように、瞬く間に心がしおれてしまう。トラ族の男に言われた言葉が予想以上に深く突き刺さり、メロウの胸に穴を開けているのだ。

初めてオリヴェルに会ったときは、種族の違いに恐怖を覚えた。けれど相手が平民であろうと丁重に扱ってくれるオリヴェルの誠実さを知り、草食獣が一方的に肉食獣との間に壁を作っていただけなのだと考えるようになった。

けれどその解釈が正解とも言い切れないと、カフェでの事件でメロウは痛感した。

肉食獣と草食獣の間に、溝《みぞ》は確かに存在した。草食獣は肉食獣を忌み嫌い、肉食獣は草食獣を見下している。当たり前のように繰り返されてきた教えは決して間違いではなかった。その中でただ、オリヴェルだけが特別だったのだ。

「おかしい、ですよね。僕、お金持ちでもなんでもない平民の羊なのに。オリヴェルさんに優しくしてもらえる身分じゃないのに……、……調子、乗ってましたよね」

へへっ、と、必死に口角を上げたのに笑い声が震えた。悪意の目に晒《さら》されながら、嘲笑を浴びたときの心の痛みがよみがえる。じくじくと胸の奥で膿《う》んで、悲しみとともにメロウを苛《さいな》む。

「メロウ、それは違う」

毅然《きぜん》とした態度で否定したオリヴェルは、腰を上げてメロウのそばにやってきた。床に片膝をついてまっすぐにメロウを見上げる。

「身分なんてくだらないものに振り回される必要などない。今日一日メロウと一緒に過ごせて、私は楽しかった。その気持ちに、君の身分や種族なんて一つも関係ないだろう？」

温かな太陽を思わせる虹彩に映る自分は、随分と情けない顔をしていた。森の中で迷子になったかのような、不安で押しつぶされそうな、今にも泣き出しそうな顔。それでもオリヴェルは決してメロウを笑わず、真摯に言葉を紡《つむ》ぐ。

同じだ、と思った。口調や態度に差はあれど、主人格のオリヴェルと第二人格は同じ内容を語っている。種族の違いによる身分差を良しとしないあたり、二つの人格の根幹は変わらないのだろう。

「メロウは強く、優しいひとだ。恐怖心を押し殺して私のために魔法を使い、弟や妹の世話に追われた過去も明るく語っていた。決して後ろ向きになるまいと、自分を律するたくましさがある。そんなメロウだから、肉食獣の中に一人にする危険性を失念するほど、私は浮かれたんだ」

迷いのない口調で語ったオリヴェルは、そこで一度言葉を止めると、ローテーブル脇の小さな紙袋に手を伸ばした。中から出てきたのは、メロウが気になっていた狼のぬいぐるみだった。

「そ、その子……っ！」

「私が羊のぬいぐるみを持ち帰ろうとしたとき、メロウが恥ずかしがった理由が分かったよ。会計のためにこの狼を店員に渡すのは少々勇気が要《い》った」

照れくさそうにはにかんで、オリヴェルはぬいぐるみを差し出した。草食獣の街で売っているクッキーとは違い、決して安くはない贈り物だと分かるだけに、受け取っていいものかメロウは悩む。

視線を泳がせるメロウに、オリヴェルはしばし沈黙したのち、まるで幼い子供をあやすかのように狼のぬいぐるみを顔の横でひょいひょいと動かした。

「今日も私の前で一生懸命明るく振る舞ってくれたね。それでもなにか、心に引っかかることがあったんだろう？　時折ふっと落ち込んだ様子を見せるメロウを、この子が少しでも癒してくれたらいいと思ったんだ」

やわらかな声音で的確な指摘をされ、メロウは咄嗟に反応できなかった。まばたきも忘れて瞠目《どうもく》したのち、ぎこちなく口角を上げようとする。なんだ、ばれていたんですね。恥ずかしいな。……そう言って明るく笑い飛ばしたいのに、唇が震えてうまく言葉が出てこなかった。

「無理に笑わなくていいんだよ、メロウ」

メロウの考えなどお見通しだとばかりに、オリヴェルは穏やかな表情で首を横に振った。

「泣いていいし、落ち込んでいいし、弱音を吐いたっていい。常に前だけを向いていなくてもいいんだ。一生懸命努力したからこそやるせなさに打ちのめされた心を、どうか否定しないでくれ」

オリヴェルはそう言って、くしゃりと表情を崩して微笑む。普段の落ち着いた雰囲気とは異なる無邪気な笑顔に、暖炉に手をかざしたときのようなぬくもりを感じた。メロウの痛みに寄り添ってくれる言葉が、挫折《ざせつ》と侮蔑《ぶべつ》で傷ついていた心に染みていく。

ほのかな熱はあっという間にメロウの全身を満たし、両目を潤ませたと思ったら涙となってぽろっとこぼれた。

「あ……、……っ」

優しいなあ、と思ったらもう駄目だった。魔法がうまくいかずに自己嫌悪に陥《おちい》ったときも、肉食獣との身分差を痛感し羞恥を味わったときも平気だったのに、優しくされると途端に堪えがきかなくなる。

両目から大粒の涙を落とし、メロウは幼子のように顔を歪めた。

「ぼ、僕の下手くそな魔法に、ずっと付き合ってくれていたご依頼主がいたんです。……でも、僕は結局、そのひとを……サリアン夫人を癒してあげることができなかった。昨日の夜の依頼で最後にしてほしいって、これからは医者を頼るからって……そう、言われて……」

「ああ、そんなことがあったのか」

「僕の作るハーブティーがおいしかったって、依頼するのは辞めるけどお茶はまた買いにくるって、サリアン夫人は言ってくれました。だけどそれが僕を慰《なぐさ》めるための言葉だってのもちゃんと分かってるんです。気を遣わせたんだ……こ、こんなっ……ちっとも役に立てない半人前の魔法使いに……っ」

「……そうか」

「本当は、ちゃんと治して依頼を終わらせてあげたかった……！　治らないから辞めるんじゃなくて、治ったから辞めるって言わせたかった……っ」

　メロウの一言一言にオリヴェルがきちんと相槌《あいづち》を打ってくれるから、言葉とともに溢れた涙は余計に止まる気配がない。手の甲でそれを拭《ぬぐ》いながらメロウはわあわあと泣いた。

　きっと廊下にいるイェリクにも聞こえているのだろう。恥ずかしいな、と思う。オリヴェルにならいくらでも泣き顔を見せられるのだけれど。

「カフェであんな風に、知らない獣人に嫌なことを言われたのも悲しかった……っ。僕もオリヴェルさんと一緒に買い物できて楽しかったのに……最後の最後で台無しにされちゃった」

　ぐすぐすと鼻を啜りながらメロウは胸の内を吐露した。こんな恨み言のような台詞《セリフ》など、今までは絶対に口にしなかった。聞いてくれている相手に気を遣わせるくらいなら、誰にも言わず心に秘めておこうと考えたはずだ。

　けれどオリヴェルになら、泣いて、怒って、感情を露わにする自分を、隠さずに曝《さら》け出してもいいと思えた。きっとすべて受け入れてくれるはずだと信じられた。

「そうだな、腹が立ったよな。贈り物用のぬいぐるみをこっそり準備しようとしないで、メロウと一緒に店に戻るべきだった」

メロウを侮蔑した肉食獣たちと、その要因を作った自分自身に腹を立てている様子で、オリヴェルが語気を強めた。涙で濡《ぬ》れるメロウの頬に手を伸ばすが、肌に触れる直前で動きを止める。悩むようにしばし空中を漂わせたのち、結局は触れることを諦めて離れていく。

再び狼のぬいぐるみを持ち上げたオリヴェルは、自分の代わりとばかりにメロウの顔に近づけた。ぬいぐるみを動かし、ふわふわした前足でとめどなく溢れる涙を拭う。

近距離で見たぬいぐるみは、金色の目がやはりオリヴェルによく似ていた。

「私もこのくらい愛嬌《あいきょう》があれば、メロウを怖がらせずに済んだかな」

苦笑を漏らすオリヴェルに、メロウは咄嗟に首を横に振った。

「怖くありません」

すぐそばにいるぬいぐるみを両手で受け取る。その拍子に、胴をつかんでいたオリヴェルの手に指先がぶつかった。たったそれだけの触れ合いでオリヴェルの手がぴくりと震える。

「オリヴェルさんに触れられるのはちっとも怖くないです。部屋に二人きりになっても平気です。……イェリクさんに僕の泣き声を聞かれているほうが恥ずかしい」

メロウが言外にねだった内容をオリヴェルは察したらしい。困惑を露わに目を見開き、薄く唇を開いてなにか言おうとした。けれどすぐに口を閉ざし、躊躇する様子で視線をさまよわせる。

　しばらく沈黙していたオリヴェルは、やがて心を決めたように腰を上げた。メロウの隣に座ると、書斎の出入口に向かって言う。

「イェリク、もう下がって大丈夫だ」

　扉の向こうから「承知しました」と返事があり、イェリクの足跡が遠ざかっていく。その音がすっかり聞こえなくなってから、オリヴェルはメロウに視線を戻し、おずおずと手を伸ばしてきた。

　大きな手のひらが頬を包み、親指の腹が涙を拭った。オリヴェルは意外と体温が高くて、触れられると心地よい。メロウが自ら頬擦りすると、オリヴェルの手が肌の上を滑りうなじにたどり着く。そのままオリヴェルのほうへ引き寄せられた。

　角がオリヴェルの顔を傷つけないよう注意しつつ、メロウはされるがまま身をもたれさせた。狼のぬいぐるみをぎゅっと抱きしめ、肩口に頭を乗せてまぶたを伏せる。

「君はよく頑張っているよ、メロウ」

　羊耳のそばでかけられた言葉は、無意識のうちにこわばっていたメロウの全身を優しく解いていく。

「ずっとこうやって、一人で頑張ってきたんだね。弟や妹のために良い兄であろうとして、お祖父さんのために良い魔法使いにならなくてはといつだってピンと背筋を伸ばしてきたんだ」

　大きな手が後頭部をぽんぽんと軽く叩くと、まぶたの裏側から熱い雫《しずく》が飽きることなく湧き出した。

　そのとおりだな、とメロウは思う。長兄《ちょうけい》として、偉大な祖父の後継者として、気弱な姿は見せられないと考えていた。常に前向きでいなくてはと、いつの間にか自分で自分を追い込んでいた。

「君のそんな健気《けなげ》で一生懸命なところを、私は心から尊敬しているよ。けれどできることなら、私の前では肩の力を抜いてほしい。本来の自分でいられる場所がなければ、閉じ込め続けた感情に蝕《むしば》まれていつか爆発してしまうだろう？」

労りに満ちた声で宥《なだ》められ、メロウはこくりと頷いた。オリヴェルの言葉どおり、こうして身を預けて感情のままに涙を流すうちに、胸の奥に蓄積していた澱《おり》は随分と軽くなっていた。

「私は依頼主として、眠りの魔法使いである君を頼る立場だ。だけど一人の獣人としての私は、頑張り屋のメロウがほっと肩の力を抜ける相手であればいいと願っているよ」

微笑みながら語っているのが分かる優しい声に、メロウはもう十分すぎるほどの安らぎを得ていた。ぽかぽかと胸を温める感情を逃がすまいと、メロウは小さな狼を抱く腕に力を込めた。

そうやってオリヴェルに心と体を預けて、どれくらいの時間が経っただろう。ようやく落ち着きを取り戻したメロウは、ソファに手をついて上体を戻した。至近距離で視線がぶつかり、メロウは照れくささを覚えてはにかむ。

「もういいのか？」

「はい。誰かの前でこんな風に大泣きしたのは初めてで、オリヴェルさんには恥ずかしいところを見せちゃったけど……でも、おかげですっきりしました」

「それは良かった。いつも従者たちに世話を焼かれてばかりの私が、誰かの世話を焼ける貴重な機会だから、遠慮せずにいつでも甘えてくれていいぞ？」

冗談めかした調子で言って、オリヴェルが「よしよし」と頭を撫でてきた。オリヴェルを恐れていないという言葉が本心からだと伝わったらしく、彼はもうメロウに触れることに躊躇しなかった。その遠慮のなさがなによりもメロウの心を溶かす。

膝の上に置いた手をぎゅっと握り、メロウはオリヴェルをまっすぐに見つめた。

「オリヴェルさん。今日はまどろみの書じゃなくて、絵本を使って魔法をかけましょう。寝室に案内してもらえませんか」

いつになく力強く宣言したメロウに、オリヴェルはきょとんとする。けれどすぐに「分かった」と応じ、紙袋からぬいぐるみと絵本を取り出した。メロウは小さな狼を、オリヴェルは大きな羊を抱いて寝室へ向かう。

オリヴェルの胸を借りて涙を落とす間、メロウは頭の隅でぼんやりと考えていた。

オリヴェルが自分を労ってくれたように、自分もオリヴェルを労りたい。オリヴェルに癒しを与えられる存在でありたい。ファラベルバルに来て以降、徐々に積み重なっていた心の負荷を涙とともにすべて出し切ると、その気持ちはより一層はっきりした。

（オリヴェルさんからもらった優しさを、少しでもいいから僕もオリヴェルさんに返したい）

寝室にたどり着くと、オリヴェルはジャケットと靴を脱ぎ、シャツとスラックス姿でベッドに腰を下ろした。いつもであればメロウは傍らの椅子に座るのだが、今日はベッド脇に立ったままだ。

「あの、今日は僕も一緒にベッドに横になっていいですか？」

「メロウも？」

　意を決して告げたメロウに、オリヴェルが目を丸くする。

「オリヴェルさん、お母さんやお父さんに寝かしつけてもらった記憶がないって言ってたでしょ？　ぬいぐるみを抱いて寝るのって、他のひとの体温を感じながら寝ることの代わりなんじゃないかなって僕は思うんです。だからまずは、誰かとくっついて眠る気持ち良さを味わってもらえたらなって」

　一生懸命説明したものの、なんだか急に恥ずかしくなった。他の客に対してこんな提案をしたことはない。だがオリヴェルの生い立ちを考えれば、この方法を試すのが最適な気がしたのだ。

「も、もちろんこの子たちも一緒ですけど！」

　照れくささを誤魔化すように狼のぬいぐるみで顔を隠すと、ベッドの上から微かな笑い声が聞こえた。そろそろとぬいぐるみを下ろした先で、オリヴェルが楽しそうに表情を綻ばせている。

「それじゃあお願いしようかな。……ほら、メロウ。おいで」

　早速ベッドに乗り上げたオリヴェルが、大きなクッションに頭を乗せ自分の隣をぽんと叩いた。よし、とメロウも気合いを入れて靴を脱ぎ、招かれた場所に転がる。頭の位置を調整してオリヴェルに身を寄せると、衣服越しに肩が触れ合った。

「今日はどの本を読んでくれるんだ？」

オリヴェルは三冊の絵本を持ち上げ、のんびりとした調子で尋ねた。メロウは少し迷ってから、幼い頃から親しんできた一冊を選び取る。

「色無し鳥のエディの物語にしましょう」

かつて弟たちに読み聞かせた大好きな絵本。それをメロウはオリヴェルに読み聞かせる作品のリストに入れた。オリヴェルにお気に入りの絵本の記憶がないなら、自分のお気に入りをオリヴェルに紹介しようと思ったのだ。

メロウがちらりと隣に目をやると、オリヴェルは鮮やかな色彩の表紙を興味深げに見つめていた。どんな物語だろう、と目を輝かせていた弟たちの横顔が重なって、メロウの口許は自然とゆるむ。

オリヴェルは羊のぬいぐるみを体の上に、メロウは狼のぬいぐるみを胸の上に乗せ、絵本を開いた。

「昔々の、そのまた昔。曇り空ばかりが広がる寂しい街に、一羽の鳥が住んでいました……」

久しぶりに読む懐かしい絵本はすぐにメロウの心に馴染んで、文面を追う声は丸く温かな響きになった。オリヴェルの様子をうかがいながら、メロウは物語の中に潜《もぐ》り込んでいく。

その際に、声音にさりげなく魔力を混ぜ込んだ。使い慣れた魔法ではないので、正直に言えば自信はない。けれどまどろみの書を読むことよりもずっと気負いはなかった。

たとえうまく魔法が効かなかったとしても、オリヴェルは決してメロウを責めたりしない。

そう確信しているから、魔法の精度を気にするよりも絵本を読むことに集中できた。オリヴェルを楽しませることだけを考えて、声に抑揚《よくよう》をつけ、時には身振り手振りも加えて物語を読んでいく。

子供用の絵本にもかかわらず、オリヴェルはメロウの読み聞かせに真剣に耳を傾けてくれた。コミルなシーンではくすくすと笑い声を漏らし、シリアスなシーンでは息を潜めて物語に聞き入る。その反応が嬉しくて、メロウもつい「色無し鳥のエディ」を熱演してしまう。

やがて物語は終盤に差しかかった。世界の色を取り戻したエディが、自分の本当の姿を知る感動のシーンだ。

「とうとう虹色くじらは七つ目の色を吐き出したのです。空から降り注ぐピンク色の光を、エディはシャワーを浴びるかのように全身で受け止めます。すると……」

文面を追って声に力が入る中、メロウはオリヴェルが楽しんでいるかを確認するため隣に目をやった。そのままぽかんと口を開け、言葉を失う。

羊のぬいぐるみと一緒にメロウの体を抱き込み、頭に頬を寄せる体勢で、オリヴェルはまぶたを伏せていた。穏やかに上下する胸と心地よさそうな寝息から、すでに夢の中にいることが分かる。

わずかに顔を上げたメロウは、その光景を信じられない思いで見つめていた。

（え、えっ、これって魔法が成功したってことだよね？）

なぜ使い慣れない中級魔法が効いたのだろうと、オリヴェルの腕の中でメロウは混乱する。飛び跳ねたくなるほどの歓喜が遅れて湧き上がるが、せっかくオリヴェルが眠りに就いているのに、不用意に騒いで起こしてしまっては元も子もない。

ひとまずベッドを出るかと、メロウは胸の上の腕をそっと退《ど》けようとした。

「ん……」

　身じろぐメロウに、オリヴェルが微かに眉を寄せた。お気に入りのぬいぐるみを取られまいとするように、メロウをさらに深く抱き込んで体を密着させる。オリヴェルから離れるどころか、長い腕に囚われてしまい、メロウは彼の胸に顔を埋める状態になった。

（えええ？　もしかして僕、オリヴェルさんが起きるまでずっとこのまま？）

　依頼主の抱きぐるみになるなんて初めての経験だ。メロウは困惑するが、決して嫌ではなかった。オリヴェルの体温に包まれていると、全身で守られているような気持ちになってほっとする。初めて会ったときに震えるほど怯えていたのが嘘のようだ。

（オリヴェルさん、良い匂いがする。フレーバーティーに使われてた薔薇みたいな、甘くて幸せな香り……）

　オリヴェルがよく眠っているのをいいことに、メロウはアスコットタイに鼻を寄せて深く息を吸い込んだ。落ち着く体温と香りが真綿のようにメロウを包み込んで、徐々にまぶたが重くなってくる。

　そういえば昨日はまともに眠れていないんだった、と思い出した。

（ちょっとだけ……、五分だけ、このまま一緒に眠ってもいいかな）

　抗いがたい幸福なまどろみは、眠り屋としての理想に限りなく近かった。

（オリヴェルさんも、今の僕と同じくらい幸せな気持ちで眠ってくれていたら良いな）

　襲いくる眠気に思考を溶かされながら、メロウは控えめにオリヴェルの胸に手を置いた。結局メロ

ウが目を覚ましたのは、二時間後、先に起きたオリヴェルに優しく声をかけられてからだった。

カーテンの向こうから虫の鳴き声が聞こえる、気持ちの良い夜。依頼主の寝室でまどろみの書を閉じたメロウは、傍らに置いていた癒しのベルを慎重に鳴らした。優しい音色が響く中、ベッドの上ではカメレオン族の男性がすやすやと寝息を立てている。

「おやすみなさい。良い夢を」

夜の闇に溶けそうな音量で囁き、メロウは商売道具をトランクケースに戻して寝室をあとにした。玄関から家の外に出て扉を施錠し、その鍵をポストに入れて依頼主の家を去る。

「ふー……、うまくいって良かったあ。やっぱり初めてのお客さんは緊張するな」

うっかり物音を立てて依頼主を起こさぬよう、抜き足差し足で家の中を歩いてきたメロウはようやく肩の力を抜いた。頭上には宝石をこぼしたかのような星空が広がっていて、メロウは上機嫌で鼻歌を漏らしつつ店へと急ぐ。眠り屋自体は閉店時刻を迎えたが、今夜は次の予約が控えているのだ。

駆け足で戻ったものの、店の前にはすでに見慣れた馬車が停まっていた。大きく腕を振ると、御者席に座ったラーシュが軽く手を上げる。馬車の陰からイェリクも姿を現し、美しい所作で頭を下げた。

「イェリクさん、ラーシュさん。お待たせしてすみません」

「いいえ、ちょうど『迎えにあがります』とお話しした時刻ですので」

「俺たちが迎えにくる前にも予約が入ってたのか？　眠り屋としての仕事は順調みたいだな」

「へへへ。順調……とまではまだ言い切れないけど、でもちょっとずつ新しいお客さんにも依頼してもらえるようになってきました」

一ヵ月前、オリヴェルが絵本の読み聞かせで眠りに落ちたのをきっかけに、今まで苦戦していたのが嘘のように他の依頼主にも魔法が効き始めた。

メロウなりに成功の理由を分析した結果、まどろみの書を滑《なめ》らかに読むことより、依頼主を楽しませることに心を配るほうが大切なのではないか……という結論に至った。

家族相手には自然にできていたはずなのに、見知らぬ土地で商売を始めた途端、自分でも気づかぬうちに魔法の結果にしか気を配らなくなっていた。目の前の相手を眠らせなくては、と肩に力が入り、読み聞かせの本来の目的である「聞き手を楽しませる」という意識が頭からすっぽり抜けていたのだ。

メロウの魔法の根底にあるのは愛情だ。だからこそ依頼主一人一人にきちんと向き合い、それぞれの反応を見ながら興味を引く読み聞かせをする必要があったのだとメロウは思い知った。

魔法の成功率が上がると常連客は喜び、同じく不眠に悩む知人にメロウを紹介してくれるようになった。おかげで徐々にではあるが新規客が増え始めている。

（オリヴェルさんの依頼を引き受けてなかったら、あるいは途中で投げ出していたら、魔法が失敗する原因にずっと気づけないままだった。僕にとってオリヴェルさんとの出会いは特別だったんだろう

な）

ラーシュの馬車に乗り込みながら、知らず知らずのうちに表情が綻ぶ。「随分とご機嫌ですね」とイェリクに指摘され、なんだか妙に焦ってしまいメロウは頬を火照らせた。

屋敷に到着すると、門番から知らせを受けたオリヴェルが玄関先で出迎えてくれた。

「やあ、メロウ。こんばんは」

「こんばんは、オリヴェルさん」

目尻を下げて微笑むオリヴェルに、メロウもぱっと表情を輝かせる。新規の依頼が増えて気忙《きぜわ》しい中、オリヴェルと会う時間はメロウにとっての癒しになっていた。

「今日は私の依頼で最後と聞いていたが、例の準備はしてきたかな？」

「はい、ばっちりです！　……って、本当にいいんですか？　眠り屋がご依頼主のお屋敷に泊まるなんて異例ですよ」

次回の予約の翌日は美術商の仕事が休みだから、そのまま泊まっていかないか。と、三日前に屋敷を訪れた際にオリヴェルから誘いを受けていた。そのため、今日は眠り屋の商売道具だけでなく、明日の着替えも準備してきたのだ。

スムーズに昼寝ができるようになったため、先々週からオリヴェルの依頼は夜の予約に切り替わっていた。昼間に比べるとまだ入眠に時間がかかるときもあるが、まどろみの書を読んでも効果が薄い場合は、二人でおしゃべりをしたり絵本を読んでみたりと別の方法を試している。

（魔法による入眠の成功体験を増やして魔法なしでも自然と眠れるようになれば、眠り屋への依頼を卒業できるんだけど。まあそこは気長にだよな。オリヴェルさんがゆっくり休めるように僕も頑張らないと）

やる気を漲らせて羊耳をぴょこぴょこと揺らすメロウに、オリヴェルは良からぬ企みをするかのように目を細める。

「なんだ、異例なのはお泊まりだけか？　私以外の依頼主にも添い寝をしているなんて面白くないな」

お仕置きとばかりに鼻先をきゅっと摘まれて、メロウは思わず目をつむった。オリヴェルの手首をつかんで意地悪な指から逃れると、唇を尖らせてじとっとした目を向ける。

「してないですよ。オリヴェルさん限定の特別サービスです」

「そうだな。誰の隣でもあんな風に無防備に眠るなどと思うと、心配になる」

「し、仕事中に寝ちゃうのだってオリヴェルさんのときだけですよ！　そもそもオリヴェルさんが僕を抱っこしたまま離してくれないんじゃないですかっ」

「ああ、メロウを抱いていると自然と心が安らぐ。抱きぐるみを用意するとよく眠れるようになる、というメロウの提案は大正解だったな」

「僕はぬいぐるみじゃありません！」

からかい口調のオリヴェルに、メロウはついムキになって言い返した。オリヴェルに魔法をかける際、メロウが添い寝をするのはすっかり定番になっている。しかしながら彼に寄り添って眠ることに照れがないわけではなく、そばに控えるイェリクやメイドに話を聞かれたのが恥ずかしかった。

二人のやりとりに、案の定メイドたちがくすくすと笑い声を漏らした。微笑ましい光景を前にしているかのような反応が居たたまれない。気恥ずかしさを誤魔化すべく、メロウは「ほら、さっさと寝室に行きますよ！」と強気な態度で中へ足を踏み入れた。

広いバスルームを借り、ゆるやかな泡と花びらが浮いた風呂に浸かって一日の疲れを取る。着替えを済ませたあとはメイドたちが丁寧に髪を乾かしてくれた。オリヴェルが用意してくれた着心地の良いナイトウエアを身に着けて、彼が待つ寝室へ向かう。

オリヴェルはベッドの上に脚を投げ出す状態で座っていて、メロウに気づくと隣に来るよう告げた。仕事着でないと、まるでプライベートで彼と添い寝をしているようで、妙にむずがゆい心地になる。

おずおずと近寄ったメロウの手を取り、オリヴェルがベッドの上に導いた。クッションに頭を乗せて身を横たえながら、当たり前のようにメロウの体に腕を回して抱き寄せてくるから、眠りやすくするためだと分かっていてもドキッとする。

メロウの艶やかなプラチナブロンドに鼻先を差し込み、オリヴェルは深く息を吸い込んだ。

「良い香りがするな」

「オリヴェルさんも同じシャンプーを使ってるでしょ？」

「そうだが、メロウが使うとより甘い香りに感じられる。ヒツジ族の魔法はひとを幸せな気持ちで眠りに就かせるだけでなく、髪から幸せな香りまで漂わせるのか？」

「ふふっ、そんなわけないじゃないですか」

オリヴェルの軽口に、微かな動揺を覚えていたのも忘れてメロウは笑った。オリヴェルとくっついているところから高い体温が流れ込み、胸の中まで温かくなる。一応仕事中なのに、いつになくくつろいでいる自分に気づき、メロウはまどろみそうになる己を叱咤《しった》して身を起こした。

「このままだと僕のほうがうっかり眠っちゃいます。先にオリヴェルさんに寝てもらわないと」

メロウはあくびを噛み殺すと、オリヴェルの体越しにサイドデスクに手を伸ばした。

けれど指先が絵本に触れるより先にオリヴェルから背中に腕を回され、抱き竦められてしまう。胸が深く密着して、オリヴェルとの添い寝に慣れたはずのメロウもさすがに慌てた。

「オ、オリヴェルさんっ」

「今夜はもう少し君と話をしていたい。私も最近は君と触れ合うたびに癒されて、魔法を使ってもらう前からまぶたが重くなっているんだ。大丈夫、きっとメロウを抱いているだけで眠れるよ」

耳許にかけられた声はどこかくすぐったくなるような甘さを孕《はら》んでいて、メロウは落ち着かない心地になった。身を離そうにも、長い腕にガッチリ囲われていて動けない。

頬に熱が上るのを感じ、メロウは照れくささを誤魔化すように眉を寄せた。

「仕方ないですね。でもやっぱりオリヴェルさんにはちゃんと寝てほしいから、あとちょっとだけおしゃべりしたら魔法を使わせてくださいね？」

「もちろん、信頼する魔法使いの指示に従うとも。今日は朝まで隣にいてくれるんだろう？」

「そもそも僕をお客さん用の寝室に戻す予定なんてあったんですか？」

「さあ？　メロウの想像にお任せするよ」

戯《たわむ》れのようなやりとりを楽しく思う一方、そわそわした感覚はいまだメロウの中から出て行く気配がなかった。「これもオリヴェルさんを癒すためだ」と自分に言い聞かせ、広い胸に頬を寄せる。

一度添い寝をしたのを皮切りに、あれだけ慎重に距離を取っていたのが嘘のように、オリヴェルはメロウを甘やかし、なにかとスキンシップをしてくるようになった。確かにオリヴェルに触れるのは嫌ではないと言ったが、こうも頻度が高いとどぎまぎせずにいられない。

（だってオリヴェルさん、同じ獣人とは思えないほど綺麗な顔をしてるんだもの。僕みたいな平凡ど真ん中の獣人を可愛がっ……、……じゃなくて、か、構ってくれる意味が分からないよ）

咄嗟《とっさ》に頭に浮かんだ表現にあたふたして、誰に聞かれたわけでもないのにメロウは胸の内で必死に訂正した。やはり自分のことをぬいぐるみかなにかだと思っているのでは……、とぐるぐる考えを巡らせ、メロウは細く息を吐いた。


「メロウ。起きてくれ、メロウ」

優しい声音に微かな焦りが混じっていて、あれ？　とメロウはまぶたを開けた。

レースカーテン越しに差し込む朝の光は、オリヴェルの寝室を明るく照らしている。昨日は結局オリヴェルに魔法をかけたあと、彼の腕の中でメロウも眠ってしまったのだ。

ふあ……、とあくびを漏らしたメロウは、自分がうつ伏せの状態だと気づいた。昨夜はちょうど良い大きさだったはずのナイトウエアは、首回りが窮屈《きゅうくつ》に感じられる反面、袖はぶかぶかと余っている。その袖口から覗く蹄《ひづめ》に、メロウは一気に覚醒して目を見開いた。

「け、獣返りしちゃってる!?」

最近になって急に新規客が増えたため、自分でも意識しないうちに疲れが溜まっていたのだろう。メロウが声をひっくり返した途端、短く白い毛で覆われていた前足が見慣れた手に変わった。

幸いにもすぐに獣人の姿に戻ったが、急激な体の変化のせいでナイトウエアが乱れてしまう。ゆったりと開いた首元から肩を覗かせ、ボトムが臀部の下まで脱げた状態で、メロウはベッドにぺたんと尻をつけ座り込んでいた。すぐ隣にはオリヴェルがいて、壁に背中を預け上体を起こしている。

メロウの格好にオリヴェルがぎょっと目を見開いた。その眼光が急激に鋭くなったと思ったら、舌打ちとともに眉を寄せる。

荒い手つきで前髪を掻き上げたのは、第二人格のオリヴェルだった。

「狼の前でうっかり獣返りなんかしてんじゃねえよ、危ねえな」

突如として現れた第二人格に、メロウは戸惑いを隠せなかった。彼が出現するのはオリヴェルの気持ちが昂ぶるタイミングのはずだ。獣返りはオリヴェルを怒らせるほどの失態だったのだろうか……、とメロウはうろたえる。

第二人格のオリヴェルは荒い手つきで後頭部を掻いてベッドを降りた。メロウを置いて寝室を出て行くつもりらしい。メロウはその腕を咄嗟につかんでいた。

「あのっ！　この間は助けてくれてありがとうございました！」

カフェでトラ族の男に絡まれた際、彼はメロウを庇《かば》ってくれた。それなのにメロウは悪意に晒されたショックでろくに礼も言えず、気づけばオリヴェルは主人格に戻っていた。

いつかきちんと感謝の言葉を伝えたいな、と思いつつ、今日までその機会に恵まれずにいたのだ。

ようやく目的を達した喜びにメロウは頬を紅潮させた。細い指が絡む自分の手首とメロウの顔を交互に見て、オリヴェルは訝《いぶか》しげに顔をしかめる。

「あの虎に腹が立っただけで、お前のために言い返したんじゃねえ」

「そうだとしても、でも嬉しかったんです。草食獣が中央地区で食事をしてなにが悪い、って言ってもらえて。そういう考えの肉食獣がいるってだけで心強く思えました」

「そんなの、口先だけかもしれねえだろ？　お前を油断させて食べるためかもしれない」

「オリヴェルさんは僕を食べたりしません」

ぽんぽんとテンポ良く飛び交う言葉に、オリヴェルはどうしてかますます顔を歪めた。

「お前が知ってるオリヴェルと俺はまったくの別人格だろ。どうして食べねえと言い切れる？」

吐き捨てるような台詞はメロウを威嚇するためではなく、自分自身を疑っているような響きがあった。メロウはぱちぱちと瞬いて、間髪を入れず答える。

「言い切れますよ。だってどっちのオリヴェルさんもちゃんと優しいから」

目の前の狼を少しも疑っていないメロウに、第二人格のオリヴェルは眉を上げて瞠目した。しばしの沈黙ののち、長い溜め息を吐いて首の後ろを掻く。

その表情に先ほどまでの刺々《とげとげ》しさは感じられなかった。毒気を抜かれたと表現するべきか、ただ呆れているだけか。

「こんな駆け引きの『か』の字も知らないような奴に、俺が出てくる羽目になるとはな……」

オリヴェル自身も戸惑っているような、ほとんど独白に近い言葉にメロウははっとした。

「そうだ。僕、オリヴェルさんに失礼なことしちゃいました？　確かに獣返りの姿を見せたのは恥ずかしかったけど、オリヴェルさんはそういう理由で怒るイメージがないから意外で……。もしくは全然違う理由でなにかやらかしちゃったんですかね？」

自分に非があるなら謝らなくてはと、メロウは必死に言葉を重ねた。けれどオリヴェルはメロウの問いに答えず、眉間の皺を深くしてその全身を眺める。

オリヴェルは足元で皺になっている布団をつかむと、乱雑な手つきでメロウの頭に被せた。

「うわっ！」

「別に怒っちゃいねえから、とっとと服を直せ！　悪い狼に取って喰われるぞ」

布団越しにオリヴェルの声が降ってきて、手の中からするりと腕が逃げていく。慌てて布団を剝いだときには、オリヴェルはすでにメロウの元を離れ、扉の前まで移動していた。

「だからっ、オリヴェルさんは僕を食べないって言ってるじゃないですか」

銀色の尾が垂れた後ろ姿に投げかけた言葉は、きちんとオリヴェルの耳に届いたらしい。「そういう意味じゃねえんだよ」という不機嫌そうな返事を残し、オリヴェルは廊下へと消えた。

着替えを済ませたメロウが、イェリクの案内で食堂に向かう頃には、オリヴェルもすっかりいつもの主人格に戻っていた。第二人格の彼が語ったように、機嫌を損ねた様子はない。

焼きたてのクロワッサンを口いっぱいに頬張りながら、メロウは「うーん」と胸の内で唸る。

（怒ったわけでもないのに人格が変わった理由は、結局教えてもらえなかったな。気持ちが昂ぶったときに記憶障害が起こるって言ってたけど、人格が交替するスイッチは怒りだけじゃないってこと？）

そもそもオリヴェルの中にある第二の人格はどういう経緯で誕生したのだろう。八歳の頃からだとイェリクは言っていたが、その時期になにか強烈な経験をしたのだろうか。

気にはなるが、ただの眠り屋である自分が踏み込んでいい事情なのか判断がつかなかった。

（ただの眠り屋……、だよね？　添い寝したりお泊まりしたり、ちょっとばかしサービスが過剰ではあるけど）

肯定されたいのか、それとも否定されたいのかよく分からない問いが胸の内で渦巻く。食べかけのクロワッサンを皿に戻し、たっぷりとミルクを入れたカフェオレをちびちびと飲みながら、メロウは目だけを上向けてオリヴェルを盗み見た。

その視線を敏感に察したオリヴェルが、テーブルに頬杖をつき小首を傾げる。

「どうした？　私の顔になにかついているかな」

「あ、えっと……いえ、なにも」

「ちなみにメロウの頬にはクロワッサンのパンくずがついているが」

「えっ⁉　うそ⁉」

慌てふためくメロウに、オリヴェルはこともなげに「嘘だよ」と言った。からかわれたのだと知り、メロウは羊耳をぴんと立てて唇を尖らせる。

「もー、オリヴェルさんはそうやってすぐ意地悪する！」

「はははっ、すまない。可愛い子にはついちょっかいを出したくなってしまう」

なんの迷いもなく言われた「可愛い」の言葉に、メロウは思わず目を泳がせた。頭の回転が速いオリヴェルのこと、こんなのはただのリップサービスだろう。

頭では分かっているのにみるみるうちに頬が赤らみ、メロウは必死に照れ隠しの言葉を探した。

「ほ、ほんとずるい狼さんです！」

語彙《ごい》力のない悪態に、言ったそばから恥ずかしくなる。こんな反撃ではオリヴェルに笑われるだけだと思ったが、予想に反し、オリヴェルは虚《きょ》を衝《つ》かれた様子で表情をなくした。

思いがけない方向から殴られたかのような反応に、メロウのほうが戸惑ってしまう。

（え？　なに？　なんで？　オオカミ族だから「狼さん」って、そう言っただけでしょ……？）

たじろぐメロウを前に、オリヴェルは我に返った様子で咳払いをして、すぐにいつもの余裕たっぷりの笑顔に戻った。オムレツをフォークで割りながら告げる。

「そんなことを言う子は、良いところに連れて行ってあげないぞ」

「へ？　どこかに行く予定だったんですか？」

口をぽかんと開けるメロウに、オリヴェルは得意げに頷いた。

「眠り屋の開店は午後からだとイェリクに聞いていたからな。メロウさえ良ければ少し付き合ってほしい場所があるんだ。きっと気に入ってもらえると思う」

そこまで自信満々に言い切られると、メロウとしても俄然楽しみになってくる。「連れて行ってください！」と笑顔を弾けさせるメロウに、オリヴェルも機嫌良く目尻を下げた。


朝食を終えた二人は、ラーシュの馬車に揺られて繁華街に向かった。大通りから小路《こじ》に入ったところに建っていたのは、白い箱を思わせるシンプルな外観の建物だった。

扉の横には黒の銘板サインが掲示され、〈アートギャラリー・オリーブ〉の文字が彫られていた。

「もしかしてここ、オリヴェルさんの画廊ですか？」

平和の象徴と言われるオリーブの実は、「オリヴェル」の名前の語源とされている。オリヴェルは「鋭いな」と楽しげに口角を上げ、貸し切りを示すプレートが提げられたドアノブを回した。

中に広がっていたのは外装と同じ真っ白な壁で、一定間隔で絵画が飾られていた。東地区には画廊がないため、メロウは緊張と好奇心が混じった不思議な昂揚《こうよう》を覚えつつ中へと足を踏み入れる。

画廊の中央まで進み、ぐるりと周囲を見渡したメロウは、「あれ？」とすぐに首を傾げた。

「ここに飾られてる絵画、って……もしかして全部草食獣画家の作品じゃないですか？」

豪胆な気質が多い肉食獣画家は、色使いや画風も派手で力強い。反対に、草食獣画家の作品は緻密《ちみつ》なタッチと繊細な色使いが特徴と言われていた。

オリヴェルの画廊に展示されている絵画はどれもやわらかな配色で、白い壁を優しく彩っている。

「キリン族のミア・フェルド、コアラ族のブルーノ・マルメル、モルモット族のパウル・ノイマン……。うわっ、どれも平民に人気の草食獣画家だ！　すごいな、中央地区にある立派な画廊に展示されてるって知ったら、草食獣のみんなも喜びますよ。だって……」

絵画の下に掲示されたプレートを確認し、はしゃいだ声をあげるメロウだが、オリヴェルの職業が頭に浮かぶと慌てて口を噤んだ。首だけを捻《ひね》ってオリヴェルを見つめ、言いかけた言葉をどう濁そうか考えていると、ふいに彼が苦笑を漏らす。

「美術商は肉食獣贔屓《びいき》で、草食獣の芸術家にはまともな評価を与えてくれない……だろ？　私もそう思っているよ」

頭を過ったことをそのまま言葉にされ、メロウは咄嗟に否定できなかった。美術品のような高価な作品を扱う商人は、例に漏れず大半が肉食獣だと聞く。口のうまい雑食獣がその職種に就くことも稀《まれ》にあるが、芸術的価値が高いとされる作品はどれも肉食獣画家のものばかりだ。

弱々しくて絵に力がない。草食獣の作品に下されるのはそういった評価が中心で、芸術的価値が低いとされるために肉食獣の買い手はなかなかつかない。

　それでも脇目も振らず芸術に打ち込む草食獣画家は、同族から熱い支持を得ている。とはいえ平民相手では高値をつけるのが難しく、どんなに時間をかけて描いた渾身《こんしん》の一作でも、雀《すずめ》の涙ほどの金額で販売するほかなかった。画廊に飾られる機会も得られず、飲食店や雑貨屋の一角を借りて展示された作品を見ると切ない気持ちになる。

　どんな顔をすればいいのか分からずメロウはうつむいた。おもむろに近づいてきたオリヴェルは、メロウのすぐ隣に並ぶと、目の前の壁に展示された絵画に目を向ける。

「『秋空の変化』……ミア・フェルドの作品だな。麦畑の上に立ち込めるのは暗雲で、雲の切れ間から一筋の光が落ちている。メロウ、君はこの絵にどんな時間が流れていると思う？」

「ど、どんな時間、ですか？　えっと……」

　唐突に振られた話題に、芸術作品に明るくないメロウは焦りを覚えた。小ぶりなキャンバスをじっと見つめるものの、穴が空くほど視線を送ったところで的確な解釈など浮かぶはずもない。

「うーん……」と唸り声をあげて悩んだ末、メロウは観念して口を開く。

「せっかく良い天気だったのに、分厚い雲が広がってきて、もうすぐ雨が降りそうだなあって……。う……、すみません。見たままのことしか言えなくて」

　豊富な知識を持つ美術商の前で語る内容ではないと、メロウは小柄な体をさらに縮こめた。居たたまれなさから視線が下がるが、オリヴェルはメロウの肩にぽんと手を置き、軽やかな口調で返す。

「それこそが、メロウが感じ取ったこの絵の時間だろう？　謝る必要なんかないさ。それに、私はメロウの感想が面白いなと思った」

「面白い？」

「ああ。私はこの絵を見て、長く停滞していた雲が晴れていく、その最初の瞬間なのだろうと思ったんだ。私にとってはこの絵の中に、メロウとは正反対の時間が流れていたことになる」

なるほど、言われてみればそんな風に読み解くこともできる。こくこくと素直に頷くメロウに、オリヴェルは目許をゆるめた。

「絵の中の天候の変化が、絶望の淵に立たされているひとにとっては、希望を奪われる様に見えるかもしれない。逆に、今まさに絶望の淵から立ち上がろうとしているひとにとっては、天から希望の光が差しているように見えるかもしれない。見たひとの立場や心境によっていくつもの解釈が生まれるのが芸術作品の面白いところだ。芸術というのは本来、正解のない自由なものなんだよ」

朗らかな調子でありながら、オリヴェルの言葉にはしっかりとした芯が通っていた。自分の中で揺らがせてはいけないものをきちんと分かっているのだろう。温和ながらどこか飄々《ひょうひょう》としたところがあるオリヴェルの、いつになく真剣な眼差《まなざ》しに、メロウの胸はトクトクと音を立てる。

「私は芸術を、自由な文化に戻したい。種族や身分だなんてものに左右されることのない、実力だけが評価を決める世界にしたい。けれど私はまだ美術商として未熟で、お偉方の鼻を明かすほどの力は身につけられていないんだ」

メロウの肩から下ろした手を、オリヴェルは太股の横で固く握った。銀色の髪の間から覗く眉が、不愉快そうに顰《ひそ》められる。草食獣だけではなく、オリヴェルもまた、芸術を愛する者の一人としてずっと不満を抱いていたのだ。芸術の価値が種族によって決められているという現状に。

波打つ感情を吐き出すように細く息を漏らしたオリヴェルは、一度まぶたを伏せてから再び『秋空の変化』に目を向けた。

「そして一度取り払われた垣根は、他の分野にも影響を与えると思っている。草食獣の繊細で丁寧な仕事ぶりが認められれば、他の職種においても彼らの評価が高まるはずだ」

再び語り始めたオリヴェルの口振りに、もう嘆きの気配はなかった。ただまっすぐに、力強く、麦畑に注ぐ光を見つめる。

「そうやって着実に草食獣の地位を向上させ、種族による格差をなくしたい。いや、『なくしたい』ではないな。私が必ず、肉食獣と草食獣の架け橋になってみせる」

熱弁を振るうオリヴェルの目は夏の太陽のように輝いていて、ああ、このひとも肉食獣なんだな、とメロウは思った。だがそれは決して後ろ向きな意味ではない。

途方もない夢を確実に実現すると豪語するその情熱は、かつて動物界の頂点に立っていた存在だからこそ持ち得るものだ。銀色の獣耳を立てて宣言する頼もしい狼に、メロウは心を鷲《わし》づかみにされる。

まるで縫い止められでもしたかのようにオリヴェルから視線が離せなかった。

しばしの間その横顔を見つめていたメロウは、オリヴェルがこちらに顔を向けると、思わず視線を泳がせた。ドキドキと胸が高鳴り、心臓が忙しなく動くせいで息苦しい。初めてまどろみの書に触れたときのようだ。緊張して、落ち着かなくて、けれど溢れんばかりの喜びもまたある。

「オ、オリヴェルさんは、どうして草食獣にそんなに良くしてくれるんですか……？」

動揺を誤魔化すべくメロウは必死に話題を探した。その問いにオリヴェルは長い睫毛を揺らして瞬き、ふわりと優しい笑みをこぼす。

「私の世話は乳母がしてくれたと、前に話したことがあるだろう？　その乳母がウサギ族だった」

おおらかで心優しい女性だった乳母は、両親に代わってまめまめしくオリヴェルの世話を焼き、よくお手製の菓子を作ってくれたという。

「彼女が焼いてくれるクッキーが私は大好きでね。肉食獣のパティシエが作る豪勢な焼き菓子は一つ二つで満足してしまうんだが、彼女のクッキーは素朴な味わいで、いくら食べても飽きなかった。今でもイェリクが草食獣の街に行くときは、土産にクッキーをねだってしまう。子供っぽいだろう？」

冗談めかして肩を竦めるオリヴェルに、メロウもくすくすと笑い声を漏らした。落ち着いた雰囲気のオリヴェルが、ぱたぱたと尻尾を振りながらクッキーを楽しみに待つ姿を想像すると、頬がゆるんでしまう。

楽しげな様子を見せるメロウに、オリヴェルも目許を綻ばせた。それからおもむろに右手を胸の辺りまで上げる。肉食獣特有の大きな手をオリヴェルはまじまじと見つめた。

「幼い私に、彼女はとても良くしてくれて……。彼女が本当に自分の家族だったら、……私が草食獣であればと、何度も願ったよ」

　懐かしむような口調にふいに翳《かげ》りが差した。突然訪れた不穏な気配にメロウは戸惑うが、声をかけるより先にオリヴェルがぱっと顔を上げる。その表情は再び穏やかなものに戻っていた。

「草食獣に優しさを与えてもらって育ったから、今度は自分が草食獣に優しさを返したい。そう考えている肉食獣は私だけではないはずだ。現に、周りの目を気にしつつ、こっそりとこの画廊にやってくる肉食獣もいる。週に一人か二人ではあるが……けれどゼロじゃない」

　晴れやかな顔で語るオリヴェルに、メロウの心も期待で弾んだ。オリヴェルの描く未来に胸が高鳴る。肉食獣と草食獣が同じ街を歩き、当たり前のように笑い合えたらと、想像を膨らませずにはいられなかった。

　そして、種族の境がなくなった街でメロウの隣にいるのは、オリヴェルであってほしい。

「オリヴェルさん。僕、オリヴェルさんに謝らなきゃ」

　静かな口調で切り出したメロウに、オリヴェルは不思議そうに眉を上げた。

「初めて会ったとき、僕……過剰にビクビクしてオリヴェルさんに気を遣わせちゃいました。悪いことなんてなにもしてないのに、肉食獣ってだけで怯えられたら、悲しいし嫌な気持ちになりますよね」

「メロウ……、それは」

「僕は悪くないって前に言ってくれたけど、でもやっぱり、あのときの僕は失礼だったと思う。肉食獣だからって理由で相手のことを知ろうともしないのは、草食獣の怠慢だと僕は思うんです。それって、種族の差で仕事が評価されないのと少しも変わらない」

　かつて捕食される側だったという過去にあぐらを掻き、草食獣は過剰な被害者意識を抱いている。自分から歩み寄る姿勢を見せないくせに、肉食獣だけを責めるなんてなにさまだろう。

　肉食獣は恐ろしいという思い込みのせいで無礼な態度を取ったことへの後悔と、その奥に秘めた決意。それらを胸に抱き、メロウは深々と頭を下げた。

「オリヴェルさんを傷つけてごめんなさい」

　真摯に謝罪するメロウに、オリヴェルは「頭を上げてくれ」と焦った様子で肩をつかんだ。その手首に指を絡めると、頭を上げつつメロウはまっすぐにオリヴェルを見つめる。

「もし許してもらえるなら、僕は草食獣側の架け橋になりたい。オリヴェルさんだけを頑張らせるんじゃなくて、僕からもオリヴェルさんに手を伸ばしたい」

　種族間の格差をなくしたいというオリヴェルの理念に、メロウは強く胸を打たれた。けれどオリヴェルの努力に頼るばかりでいいのかと己に問えば、それは違うとすぐに答えが出た。

　肉食獣に手を差し伸べてもらうのをただじっと待つのではなく、自分からのし上がれるような強さを草食獣も持つべきだと思った。草食獣代表として……なんて、あまりに壮大な夢ではある。けれど笑われるのを恐れて行動に移さないでいるよりはずっと良い。

（草食獣と肉食獣が手を取り合う未来がやってきたときに、オリヴェルさんの隣で胸を張れる自分でありたい。オリヴェルさんの努力の成果だけをぬくぬくと受け取るような、ずるい存在でいたくない）

迷いなく紡がれるメロウの言葉に、オリヴェルが目を見開いた。夢を語ったときの頼もしさはすっかり鳴りを潜め、オリヴェルは戸惑いを隠せないまま言葉を探している。

けれどメロウの瞳が決して揺らがないと分かると、やがてふっと息をこぼした。降参だと言わんばかりの、困っているようでありながら、どこか楽しげな笑みを見せる。メロウの肩をつかんでいた手がするりと落ちた。

「君のことを『強いひとだ』と言っておきながら、その強さがどれほどのものか、私はまったく分かっていなかったらしい」

眉を下げて苦笑しながら、オリヴェルは首の後ろに手を当てた。「そうだ、草食獣は愛情深い種族だったな」と懐かしむような独白を漏らしたのち、メロウをまじまじと見る。

「草食獣であるメロウが、肉食獣の私を恐れるのは当然だと思っていた。だからこそ、狼の依頼主に戸惑いながらも、一生懸命私を癒そうと努めるメロウの健気さをまぶしく感じた。少しずつ君と距離が縮まっていくのが嬉しくて、やがてどんな肉食獣からも君を守ろうと考えるようになったんだ」

メロウと過ごした時間について語るオリヴェルの言葉には熱がこもっていた。まるで『秋空の変化』を見て、空を覆い尽くす暗雲の間から差す一筋の希望を見いだしたときのような。

「けれどそれは私の驕りだったようだ」

そう言うとオリヴェルは一度まぶたを伏せ、ゆっくりと息を吸い込んだ。白い壁に囲まれた二人きりの画廊に、オリヴェルの呼吸音だけが響く。

再びメロウに向けられた目からは、庇護《ひご》するべき弱い生き物を見るような気配は感じられなかった。秋の稲穂のような美しい虹彩に、ただ彼の役に立ちたいと願う自分が映っている。

「私に手を貸してくれ、メロウ。君という支えがあれば、私はどんな困難にも立ち向かっていける」

心優しい狼は、晴れやかな顔に未来への希望を滲ませ、力強く手を突き出してきた。彼の内に秘めた情熱を知った羊も、迷うことなくそれを握り返す。貴族にしては少しかさついた手のひらは、草食獣のために戦ってきたオリヴェルの労力を表しているかのようだった。

（これからは僕がオリヴェルさんを支えるんだ）

オリヴェルと出会って一ヵ月半が経った今、メロウはようやく彼と対等になれた気がした。

オレンジ色の西日が差す東地区の菓子店は、店内に様々な焼き菓子が並んでいた。

バターの香りが漂うフィナンシェにマドレーヌ、カリカリに焼き上げたビスコッティ、断面から覗く赤色が鮮やかなチェリーパイに、ココア生地をプレーン生地で巻き込んで模様を作ったクッキー。まるで菓子箱の中に入り込んだかのようで、この店を訪れるといつもわくわくする。けれど今日は、どの菓子を持ち帰ろうかという贅沢な悩みに加え、微かな緊張と照れくささも入り混じっていた。メロウの隣に、真剣な表情で焼き菓子を選ぶオリヴェルが立っているからだ。

手にした籠《かご》に溢れそうなほど菓子を載せたオリヴェルは、唇を結び「んん……」と唸った。

「ミニタルトはどれを買って行こう。ブルーベリーに、梨《なし》に……、ああ、かぼちゃを使ったものもおいしそうだな。クッキーも種類が多くて迷ってしまう」

中央地区の立派な菓子店に比べるとこぢんまりした店だと思う。それなのにお菓子が並ぶ台を回るたびにオリヴェルが悩むので、いつまで経《た》っても会計にたどり着かない。

メロウはふふっと笑い声を漏らし、すぐそばにいる長身の男を見上げた。

「いろんな種類をちょこちょこ買って、みんなでわいわい言いながら食べればいいじゃないですか。従者さんの分も持って帰るんでしょ？」

「そのつもりだったんだが……、どれもあまりにおいしそうで、誰がどの菓子を手に取ってもうらやましげな目で見てしまいそうだ。かといって全員に全種類行き渡る量を買ったら、この店の商品をすべて買い尽くしてしまう」

「それじゃあオリヴェルさんのお屋敷がお菓子屋さんになっちゃいますよ」

なにげない会話が楽しくてはしゃいでしまう。オリヴェルと過ごす時間はいつもメロウに安らぎを与えてくれたが、彼の画廊を案内してもらった日から、その思いは少しばかり色合いを変えていた。

オリヴェルと一緒にいる間は常に喜びのスイッチが入っているような状態で、ちょっとしたやりとりで弾けるほど笑い、隣にいるだけで幸せな気持ちが胸を満たした。夜露《よつゆ》を浴びた花を朝日が照らすように、オリヴェルの周囲はすべてキラキラと輝いて見える。

（オリヴェルさんが東地区に来てくれたから浮かれてるのかな）

東地区にも顔を出してみないかと誘ってみたところ、仕事終わりのオリヴェルが眠り屋に立ち寄ってくれた。せっかくだからお気に入りの焼き菓子店を紹介させてほしい、とこの店に連れてきた。

（このお店に入ったときのオリヴェルさん、小さい子がプレゼントの包みを開ける瞬間みたいな表情をしてたな。ぱあっと明るい顔になって、嬉しそうに僕を見て……オリヴェルさん、可愛かった）

繊細な美貌や、包容力溢れる振る舞いとのギャップに満ちたその顔を思い出すだけで、胸がきゅうっとしぼられるような心地になる。少し苦しくて、けれど同時に甘い喜びが湧き上がるのだ。

それは弟や妹を慈しむ気持ちとはまた異なる、初めて味わう感情だった。

「よし、決めたぞ。他の菓子にも後ろ髪を引かれるが、今回はとりあえずこれだけ買って帰ろう」

入店直後の出来事をぼんやりと思い返していたメロウは、オリヴェルに声をかけられ慌てて顔を上げた。どっさりお菓子を入れた籠を慎重に抱え、オリヴェルが会計をするべくカウンターに足を向ける。けれど数歩進んだだけですぐに足を止めた。

白いフリルのエプロンを身に着けたリス族の女性店員は、ボリュームのある尻尾を抱きしめ、顔面蒼白で震えていた。怯える目はオリヴェルの狼耳に向けられている。肉食獣がこの店を訪れたのは恐らく初めてなのだろう。

「メロウに財布を渡して代わりに会計をしてもらったほうがいいかもしれないな」

オリヴェルは苦笑して籠を手渡そうとするが、メロウは店員とオリヴェルの顔を交互に見ると、ふるふると首を横に振った。オリヴェルの隣に並んで彼の腕に手を絡め、肩口にぴとっと頭を寄せる。

　カウンターの中にいた店員が、信じられないものを見たとばかりに目を見開いた。オリヴェルも「メ、メロウ？」と困惑を示す。銀髪が似合う白い頬がほんのりと赤らんでいる。

「だーめーです。ちゃんと自分で会計をするまでがお買い物なんだから」

　わざとらしく唇を尖らせたメロウは、すぐに「ね？」と小首を傾げて微笑んだ。

　ぽかんとして一連の動作を見守っていたオリヴェルが、メロウの意図を察したように目許を綻ばせた。メロウと腕を組んだまま、今度は迷いなくカウンターに近寄っていく。

　二人のやりとりを聞きながら呆気に取られていた店員も、カウンターに籠を置かれると慌てて会計を始めた。商品を数える手はやはり震えている。それでも親しげに振る舞うメロウとオリヴェルをちらちら見ているあたり、肉食獣への恐怖の中に好奇心が芽生えたのも事実のようだった。

「試食したナッツのクッキー、多めに買ったんですね？」

　支払いが終わり、袋詰めがもうすぐ完了するタイミングでメロウはオリヴェルに声をかけた。よほど気に入ったのか、オリヴェルも目を輝かせて深く頷く。

「ああ。とてもおいしくて、できるだけたくさんの従者に食べさせたかったんだ。ざくざくした食感と、口の中に広がる複数のナッツの味が気に入った」

「ええっと、くるみとアーモンドと……、あとなんだったっけ？」

「あ、の……、ピスタチオ、です」

メロウとオリヴェルの会話に、店員がおずおずと加わった。肉食獣に話しかけてもいいものか、といった目でうかがってはいるが、商品を褒められればやはり悪い気はしないのだろう。

卒倒しそうなほど青ざめていた店員が、わずかながら歩み寄る姿勢を見せたことに、オリヴェルは安堵した様子で表情を綻ばせた。

「そうか、ピスタチオか。あれは病みつきになる味だった。ブラウニーも試食させてもらったが、あちらもおいしかったな。ラム酒の良い香りがした」

「あっ……、ありがとうございます。に、人気商品なんです」

「人気が出るのも頷ける。他のお菓子も食べるのが楽しみだ。良い香りがする紙袋を抱えたまま最後まで開けずに馬車に揺られるのは、なかなか忍耐力が試されそうなことではあるが」

茶目っ気たっぷりに告げるオリヴェルに、店員も微かに口許をゆるめた。ぎこちないながらもきちんと会話が成り立っていて、メロウは微笑ましい気持ちで二人の交流を見守る。

間もなくして店員が「お待たせしました」と紙袋を差し出した。その手にはもう、目立つほどの震えは確認できなかった。

「ありがとう。その……いずれまた、こちらの焼き菓子を買いにきてもいいかな？」

紙袋を受け取ったオリヴェルは控えめな調子で尋ねた。店員は丸みを帯びた獣耳をぴくぴくっと震わせ、頬を淡い桃色に染めて「はい、お待ちしております」と頭を下げた。

焼き菓子店をあとにすると、メロウはオリヴェルに絡めていた腕をさりげなく解いた。それを咎めるように、オリヴェルが長い脚でずいっと踏み込んでくる。

　不自然なほど身を寄せられ、衣服越しに感じるオリヴェルの体温にメロウはドキッとした。

「つれないな。先ほどはあんなに積極的にスキンシップを図ってきたのに、もう見知らぬ相手のような態度を取るなんて」

　上体を屈《かが》めたオリヴェルに顔を覗き込まれ、距離の近さにメロウはどぎまぎせずにはいられなかった。ベストとシャツの下でカーニバルでも開催されているのかというくらい、胸がドコドコと大騒ぎする。緊張と気恥ずかしさと喜びがごちゃ混ぜになっていて、変な汗を掻いてしまう。

「あ……っれは、草食獣と親しくする様子を見せて店員さんを安心させたかったからで……」

「なんだ、随分大胆に甘えてくれるようになったものだと舞い上がっていたのに」

「そんなこと言って、オリヴェルさんだって絶対気づいてたじゃないですか！」

　演技がかった仕草で肩を落とすオリヴェルに、メロウは赤面して声を張り上げた。周囲を歩いていた草食獣たちが驚いてこちらに目を向け、オリヴェルの種族に気づくとさらに驚愕する。なぜ肉食獣が東地区にいるのか、草食獣が肉食獣にそんな態度で接していいのかと思って焦っているのだろう。

　彼らにちらりと目をやったオリヴェルは、金色の目を細めたかと思うと、メロウの手に己の手をするりと重ねた。手のひらを合わせ、指を絡めて繋ぐ。

「え、え、ちょっ……」

「東地区にいる肉食獣を恐れているのは、焼き菓子店の女性だけではないようだな。もう少し、彼らの私への警戒心を解く手伝いをしてくれないか？」

羊耳に唇を寄せ、オリヴェルが砂糖菓子のような甘い声で囁くから、メロウの鼓動はさらに速度を増してしまう。体温が一気に上がり、顔中に熱が集まった。

「ほら、行こう？　メロウ」

駄目押しのように言って、オリヴェルはメロウの手を引いて歩き出した。草食獣たちの視線をひしひしと感じ、メロウはうつむくしかない。彼らの目に自分たちはどんな風に映っているのだろうと思うと、とてもじゃないが顔を上げられなかった。

（オ、オリヴェルさん……最近ちょくちょく肉食獣っぽい強引さを出してくるんだよな!?　別に嫌じゃないけど、全然嫌じゃないんだけど……でも、なんていうか……心臓がもたない）

添い寝までしておいて今さらだとは思う。けれど「草食獣との架け橋になる」というオリヴェルの夢を教えられてからというもの、知っていたはずの優しさや意外と男らしい一面がより輝いて見えて、胸がドキドキと高鳴って仕方なかった。

以前は平然と同じベッドに寝ていたのに、ここ数回は目と鼻の先にあるオリヴェルの顔をまともに見ていられなくて、堪らず「椅子に座って読み聞かせをしてもいいですか？」とお願いした。

添い寝が嫌になったのか……と気に病むのではないかと危惧《きぐ》したが、頬を真っ赤に染めて困り顔をするメロウに、オリヴェルはなぜか嬉しそうに口許をゆるめて了承してくれた。

そしてメロウの代わりに例の羊のぬいぐるみを抱いて眠っている。コツを覚えたことでメロウも問題なく魔法を使えているが、オリヴェルの腕に収まっているぬいぐるみを見るとなんとなく面白くない。自分で提案したくせに、だ。

　唐突な「オリヴェルの一挙一動を意識してしまう期」の到来に、メロウは振り回されていた。

（肉食獣と草食獣が気軽に互いの生活区域を歩けるようになったら、こうやって手を繋いで仲良しアピールをする必要もなくなっちゃうのかな。添い寝だって、ぬいぐるみで問題なく代行できてるんだから、もう復活させる必要はないよね。……寂しいけど）

　人肌を感じながら寝る気持ち良さをオリヴェルに知ってもらうつもりが、いつしかメロウのほうが彼との触れ合いから癒やしを得るようになっていた。思わず悩ましげな溜め息が漏れる。

　メロウとオリヴェルの親しさが知れ渡れば、東地区に出入りするオリヴェルに草食獣が怯えることもなくなるだろう。それだけではなく、彼の優しさを知って自分も仲良くなりたいと考える獣人がいてもおかしくない。先ほどのリス族の女性のように。

　オリヴェルを前にして頬を染めていた女性を思い出し、メロウの胸に薄暗い雲が広がっていく。そんな自分にメロウは混乱した。

（オリヴェルさんがみんなに好かれるのは嬉しいことのはずなのに、僕、なんでこんなもやもやしてるんだろ）

　夢の中にいるようなふわふわした心地になったかと思うと、些細なことで気持ちが沈み込んだりして、感情の変化のめまぐるしさに困惑する。

「どうしたんだ？」

眉間《みけん》に皺を寄せて難しい顔をするメロウに、オリヴェルが不思議そうに目を瞬かせた。けれどメロウ自身、自分の心境がさっぱり理解できていないため、どう説明したらいいのか分からない。顎に指を添え、メロウはむむむっと唸り声を漏らす。

「さっきの店員さん、オリヴェルさんが怖くないって分かってくれて良かったなって思ったんです」

「……？　ああ、そうだな」

「でもちょっとそれが寂しいっていうか、ぐるぐるしちゃうっていうか……。オリヴェルさんが優しいのも、かっこいいのも、従者さん以外だと僕しか知らなかったはずなのになって」

「……、……それは……」

「うーん。こういう気持ち、なんて言えばいいんだろ？　嬉しいのにもやもやする……みたいなの、初めての経験なので自分でもなにがなんだか分かんなくて」

下手《へた》に格好をつけても仕方ないと、メロウは感じたことをそのまま口にした。けれどメロウの言葉を聞いた途端、オリヴェルがぴたりと足を止める。

どうしたのかとメロウが隣を見ると、オリヴェルは焼き菓子店の紙袋で顔を隠し、深くうなだれていた。伏せられた狼耳は細かく震えていて、なにかを必死に堪えているようにも見える。

「あの、僕なんか変なこと言いました……？」

混乱するメロウをよそに、オリヴェルはしばらく押し黙ったのち、ぱっと顔を上げた。軽く頭を振って前髪を払うと、顔を正面に向けて再び歩き出す。

「いや、なんでもない。さあ行こうか。果樹園通りの手前まで俺とメロウを迎えにきてほしいと、イェリクとラーシュに頼んでいたんだ」

彼の口調にメロウはきょとんとした。異変にはすぐに気づいたものの、いつもどおり振る舞おうとするオリヴェルを見ていると、この場ですぐに指摘するのも野暮に思える。メロウはにやけそうになる口許を必死に引きしめ、素知らぬ顔で果樹園通りを目指した。

予定時刻よりも早く到着しがちなイェリクには珍しく、待ち合わせ場所に馬車は見当たらなかった。果樹園通りには相変わらず人影がなく、思いがけず訪れた二人きりの時間に、オリヴェルは気まずそうに口を閉ざす。

手だけはぎゅっと握られたままで、メロウは悪戯を企む子供のような顔でオリヴェルを見上げた。

「オリヴェルさん、ちょっと前から人格が変わってますよね？」

思いがけない指摘だったらしい。オリヴェルがぎょっと目を見開いてメロウに顔を向けた。

「き……、気づいてやがったのか」

「第二の人格のオリヴェルさんって前髪の長さが気になるみたいで、人格が切り替わるとすぐに掻き上げるじゃないですか。あと自分のことを『俺』って言うし。僕の目は誤魔化せないですよ～」

人差し指を立ててメロウは得意げに説明した。その様子をじっと見ていたオリヴェルは、盛大な溜め息を漏らしたのち、ガシガシと頭を掻いた。

「そういう部分は鋭いくせに、どうして自分のこととなると鈍いんだか……」

目の前の果樹園のたわわに実った赤い果実を眺めながら、オリヴェルが恨めしげな調子でこぼした。

一体なんの話をしているのかとメロウは首を傾げるが、オリヴェルは咳払いで誤魔化してしまう。それからばつが悪そうに横目でメロウをうかがった。

「悪かったな。せっかくいつもの『オリヴェル』と楽しく過ごしてたのに、俺と切り替わっちまって」

どこか拗《す》ねた口調のオリヴェルに、メロウはぱちくりと瞬く。

「なんで今さらそんなこと言うんです？　だって最近、もう一人のオリヴェルさんもちょくちょく出てきてましたよね？」

　画廊での一件のあとに変化したのは、メロウの気持ちだけではなかった。あの日を境にオリヴェルは第二の人格に切り替わる頻度が格段に上がっていて、今のように二人で過ごす時間の中で突然もう一人のオリヴェルが現れることが多々あった。

　第二人格のオリヴェルは主人格に比べるとつんけんした印象だが、彼を恐ろしく思うことはもうなかった。意味もなく怒るような真似は絶対にしないし、オリヴェルの屋敷での食事や着替えの際にメロウがもたついていると、悪態をつきながらも手伝ってくれた。

　主人格のオリヴェルのような器用さがないだけで、彼もまた心優しい狼なのだ。

　今もメロウの指摘に、「うっ……、そうだけどよ」と口ごもる姿を愛らしく思う。温かい気持ちが胸に満ちて、メロウは第二人格のオリヴェルを見上げにっこりと微笑んだ。

「今、僕の目の前にいるオリヴェルさんだって、僕が心から信頼するオリヴェルさんに変わりないですよ？」

ごく当たり前の返答をしたつもりなのだが、オリヴェルはメロウの発言が心底理解できないといった様子で口を閉ざした。どうやったらきちんと伝わるかな、とメロウは顎に指を添えて考える。

「そうだな……。例えば、草食獣を下に見る肉食獣に怒って、守ろうとしてくれるところとか。最初はいかにも肉食獣って感じで怖かったけど、でもイェリクさんと言い争いになったっていうときも、トラ族の男性から僕を守ってくれたときも、僕のために怒ってくれたんだって思ったら、むしろ嬉しかったです」

人差し指を立てて説明し始めたメロウに、オリヴェルが瞠目した。「そんなんじゃねえ」とつれなく否定される前にメロウは言葉を重ねる。

「僕が獣返りしちゃったときも、怒ったから人格が変わったわけじゃないって言ってくれましたよね。ちゃんと伝えないと僕が勘違いして落ち込むから。そういう優しいところも、やっぱりオリヴェルさんだなーって思います」

どちらのオリヴェルも、メロウにとっては特別な、大切なひとだ。どちらの人格だから残念……だなんて考えるはずがない。それがきちんと分かってもらえたらいいなと思う。

これまでの第二人格であれば、きっと「知ったような口を利くな」と呆れた顔をして、メロウの額《ひたい》を小突くくらいの仕返しをしてきた。主人格がベタベタに甘やかしてくるのに対し、こちらの彼は少しばかり意地悪なのだ。

けれど今日の前にいるオリヴェルは、不機嫌そうに顔を顰《しか》めることもなければ憎まれ口を叩くこともなかった。ただ顔を真っ赤にして、どうしたらいいか分からないといった様子で目を泳がせる。その思いがけない反応を見ていると、メロウにまで照れが伝播《でんぱ》してしまい、堪らない気持ちになった。

（もう一人のオリヴェルさん、こんな可愛い顔をしちゃうひとだったの……？）

目尻まで赤く染めてぷいっと顔を背けるくせに、握った手は決して離さない。そんな無意識と思われる行動にきゅんとする。言葉にならない声がぎゅうぎゅう詰めになって、頭がパンクしそうだった。

突然降ってきた沈黙に居たたまれず、メロウは必死に次の言葉を探した。

「あと……、ほら！　最近のオリヴェルさんは普段の人格のときから時々ちょっと強気な一面が垣間見えて……あ、悪い意味じゃなく、男らしくてかっこいいってことですよ？　言動に少し違いがあるだけで、実はもう一人のオリヴェルさんとそんなに変わらないんじゃないかなって思ってたんです」

どちらのオリヴェルも格好良い一面と可愛い一面があって、メロウの中では少しずつ境目が曖昧《あいまい》になってきていた。だからなんの問題もないのだと、前向きな気持ちで語ったつもりだった。

それなのに、こちらに顔を戻したオリヴェルはなぜか切なげな目をしていた。眉を下げて力ない笑みを浮かべ、寂しさと諦めが入り混じったような複雑な表情を見せる。

なぜそんな反応をするのか分からず、メロウは当惑した。薄く唇を開けたままなにも言えなくなる。

「もうすぐいつもの人格に戻る。……普段の『オリヴェル』の前では、そういうこと言ってやるなよ」

もはやどちらの人格か判断がつかないくらいの静かな声音で漏らし、オリヴェルはまぶたを伏せた。

数秒ののち、ゆっくりと目を開けたオリヴェルは、周囲を無言で見回して嘆息《たんそく》した。

「ああ……、また記憶が飛んだのか。メロウと街中を歩いていたはずが、もう待ち合わせ場所に着いているなんて」

イェリクと落ち合う予定を立てたのはいつもの人格なのだろう。主人格のオリヴェルが見聞きしたことは第二人格も把握しているが、逆の場合は記憶の欠落として認識される。

今日は十分ほども人格が入れ替わっていたので、オリヴェルの戸惑いも大きいようだった。

「最近、君の前でもちょくちょく記憶を失っているな。……メロウと過ごす時間だけは、すべて覚えておきたいと思っているのに」

物憂《ものう》げな表情で視線を落とすオリヴェルに、メロウの胸はチクリと痛んだ。分かりやすく照れる第二人格に、可愛い！　とはしゃいでいたのが申し訳なくなる。

同時に、以前から考えていた疑問が次々と浮かび上がってきた。

（オリヴェルさんの中に別の人格があること、どうして本人に伝えちゃ駄目なんだろう。人格が入れ替わる明確な理由も分からないままだし、そもそも第二の人格が生まれた原因ってなんなんだ……？）

ただの眠り屋と依頼主でしかなかった頃は、不可解な点があっても詮索《せんさく》するべきではないと考えていた。不眠の症状が改善すれば、依頼主は眠り屋を頼る必要がなくなる。短期間で終わる雇用関係の相手から、知った顔でずけずけと個人的な事情に口出しされたら良い気はしないだろう。そう思っていた。

　けれど今は、一人の獣人としてオリヴェルの支えになりたいと考えている。自分が知らない事情があるなら教えてほしいし、悩みがあるなら打ち明けてほしい。

（それに……、お医者さんに処方された薬も効かないほどの重い不眠症状って、一体なにが引き金になって出始めたんだ……？）

　気質の違いから、肉食獣は草食獣に比べて不眠症状が出るほどの精神的負荷はかかりにくいと言われてきた。けれどそれはあくまで草食獣による一方的な決めつけだ。

　魔法を施せばオリヴェルは昼夜問わずスムーズに眠れるようになってきたが、メロウが行かない日はいまだ入眠に時間がかかるという。彼の中には確かに、夜も眠れぬほどの苦しみが存在するのだ。

「あの、オリヴェルさん。僕、あなたに聞きたいことが……」

　繋いだ手に力を込めたメロウは、意を決して口を開いた。しかしそのタイミングで地面を駆ける車輪の音が聞こえてくる。

　目の前で停車したラーシュの馬車から、イェリクが血相を変えて飛び出してきた。

「オリヴェル様、大変です！　屋敷を出る直前に、グスタフ様の従者が訪ねてこられまして……！」

　その名前を耳にした途端、オリヴェルの獣耳が警戒を示すようにピンと立った。グスタフ・バリエンフェルト――それは、領地を統べる伯爵であるオリヴェルの父親の名だった。

夜の闇に沈んだ中央地区を、メロウはラーシュが御する馬車に揺られながら進んでいた。

身にまとっているのはいつもの仕事服ではなく、白のウエストコートに黒のテイルコートと側章つきのスラックスを合わせた燕尾服だ。正面の座席に腰かけたイェリクと同じ服装だが、小柄なメロウでは今一つ様にならない。

そわそわと落ち着かない様子のメロウに、隣に座るオリヴェルが申し訳なさそうに眉を下げた。

「すまない。私の我が儘に付き合わせてしまって」

「い、いえ！　それは全然、まったく問題ないんですけど……。でも、本当にいいんですか？　僕みたいな部外者が、伯爵様のパーティーについて行くなんて」

オリヴェルを迎えにきたイェリクが伝えたのは、グスタフが主催するパーティーへの参加要請だった。次兄《じけい》の誕生日の祝賀会だそうで、儀礼的な誘いを一度は断っていたのだが、当日の夕方になって急遽《きゅうきょ》「必ず参加するように」とのお達しが来たのだという。

「きっと私を参加させたほうが都合の良い事情ができたのだろう。……本当に、他者の都合などお構いなしなひとだ」

そう説明したオリヴェルは珍しく鬱陶《うっとう》しげな表情を浮かべていて、父子《おやこ》の関係があまり良好ではないことがうかがえた。幼少期にグスタフがほとんど子供に構わなかったという話や、草食獣への差別意識が強いという噂からも、オリヴェルとの交流の薄さが察せられる。

そのうえでオリヴェルは、メロウに執事の振りをしてグスタフの屋敷までついて来てほしいと頼んできた。今日の仕事はオリヴェルの依頼を残すばかりなので、メロウも了承したが、突然の展開に混乱したのも事実だった。

「ついて来てもらうのは屋敷の手前までだ。中には招待客以外入れないことになっているからな。……父に会う前に、少しでも長くメロウのそばにいたいと思ったんだ」

ぼんやりと床に視線を落として胸の内を吐露するオリヴェルは、どこか地に足がついていない印象だった。繋ぎ止めていないと風船のように飛んでいってしまいそうだ。

華やかな刺繍が入ったクリーム色のジャケットの袖口を、ちょいちょいっとメロウは摘まんだ。オリヴェルと目が合うと、メロウは明るい笑みを見せる。

「中に入る直前まで一緒にいますし、戻ってきたらすぐオリヴェルさんを出迎えられる場所で待ってます」

ほんのわずかでもオリヴェルの気持ちを和ませられたらいい。そう思ってかけた言葉に、オリヴェルもほっと息をつき、「頼りにしている」と口許をゆるめた。

目的の屋敷が近づくにつれ、祝賀会に参加すると思われる馬車が増えていく。どれも仰々《ぎょうぎょう》しいほど豪奢な造りだが、たどり着いたグスタフの屋敷の豪華さはそれらを遥かに上回る迫力だった。

オリヴェルの屋敷の三倍はあろうかという広大な敷地に、いくつもの塔が連なった建物が建っていた。茶色の壁には数えきれないほどの縦長窓が並び、煌々とした光を外へ漏らしている。

屋敷の正面玄関からは長い階段が延び、招待客は皆その前で馬車を停めていた。執事が先に下車し、続いて姿を現した主人やその奥方を見送る。話に聞いていたとおり、人目に触れる機会の多い執事たちは、ヒョウ族やワシ族といった勇ましい肉食獣揃いだ。

メロウも彼らに倣《なら》い馬車の外に出ようとするが、扉に手をかけたところでオリヴェルに止められた。

「ここでいい。草食獣のメロウが彼らの前に立てば、多少なりとも不愉快な思いもするだろう」

「えっ、でもそれじゃなんのために執事の服まで借りたのか……」

「保険をかけておいたほうがいいかと思ったんだ。私が馬車を乗り降りする際にうっかりメロウを見られて、なぜ部外者を敷地内に連れ込んだのかと不審がられる可能性もあるからな」

困惑するメロウの頭にぽんと手を置くと、オリヴェルは静かに微笑む。

「メロウがここまでついてきてくれたから、もう十分に勇気をもらえた。ありがとう」

それだけ言うと、オリヴェルは表情を引きしめて馬車をあとにした。グスタフの三男の登場に、馬車の外から聞こえてきていた楽しげなざわめきや挨拶の声が、ほんの一瞬静まり返った気がした。

窓の外に見えるオリヴェルの後ろ姿が、次第に遠ざかっていく。すると、無言で彼を見送っていた他の招待客が、嘲《あざけ》るような調子で口々にしゃべり始めた。

「随分と地味な馬車が停まったと思ったら、そうか、あの落ちこぼれの三男だったんだな」

「ああ、草食獣の下等な文化に入れ込んでいるという変わり者の……」

「親の権威を盾に奔放《ほんぽう》に過ごしているのだろう。兄君方は立派にグスタフ様を手伝っておられるというのに、いい気なものだ」

周囲で囁かれる声はどれもオリヴェルを蔑《さげす》むもので、メロウは驚きのあまり硬直した。襟元から氷を入れられたかのように背筋がすーっと冷えていく。

「従者も草食獣揃いだと聞く。誇り高き狼の一族だというのに、グスタフ様も頭が痛かろうな」

「手元で丸々太らせて喰うつもりなんじゃないか？」

「とうとう疑似肉では満足できなくなったか。酔狂な三男のこと、あり得ない話ではないな！」

がははは、と下卑《げび》た笑い声があがり、メロウは胃の底が燃え上がるほどの激しい怒りを覚えた。咄嗟に扉に手を伸ばすが、それより先にイェリクに肩をつかまれる。

「我々が反論しに行ったところで逆効果です」

「でも……！」

悲鳴のような声をあげるメロウに、イェリクが眉間に深い皺を刻む。

「オリヴェル様の顔に泥を塗りたくないのなら、ぐっと堪えてください。ラーシュだって、御者席を飛び降りて奴らの胸ぐらをつかみたい気持ちを懸命に抑えているはず」

感情を押し殺した声でイェリクは早口に告げた。その手が細かく震えていることをようやく悟る。

オリヴェルを敬愛する従者達が、彼を馬鹿にされて憤らないはずがない。けれどこんな風に主を罵倒される場面は、彼らにとってきっと初めて遭遇するものではないのだ。幾度となく悔しい経験をしたうえで、イェリクは感情を必死に抑え込みメロウを止めているのだと察した。

草食獣を下に見る風潮は肉食獣の中でいまだ根強いと、メロウは身を以《もっ》て痛感した。草食獣ばかりを雇い、草食獣の絵ばかりを画廊に飾る狼は、他の肉食獣の目にはさぞ風変わりに映るのだろう。

中庭でのティータイムに誘ってくれた際、オリヴェルが語っていた言葉が脳裏を過る。

――イェリクとラーシュに見捨てられたら私は哀れな一匹狼になってしまう。

――兄弟の中では落ちこぼれである私が、好き勝手に生きていることへの言い訳だな。

軽口のような調子で告げられた台詞を、メロウはただの謙遜《けんそん》として受け止めた。あれだけ頭の回転が速く、気さくなオリヴェルが、友人のいない落ちこぼれだなんてことはあり得ないと思った。けれど肉食獣たちの会話を聞いていると、あの発言は決して大袈裟なものではなかったのだと分かる。

草食獣の肩を持つことでオリヴェルは肉食獣の中で浮いてしまい、変人として扱われ、陰口を叩《たた》かれていた。けれど彼の孤独な戦いを知る由《よし》もない草食獣は、オリヴェルを恐ろしい肉食獣として敬遠する。

結局オリヴェルは、肉食獣の中にも草食獣の中にも居場所を作れずにいるのだ。

「オリヴェルさんは、草食獣を食べたりなんか絶対にしない……っ」

渦巻く怒りをどこにぶつけたらいいのか分からず、メロウは太股の上で拳を握った。「……分かっています」と答えたイェリクの声も激情に掠れている。

「肉食獣からは馬鹿にされて、草食獣からは怯えられて……そんなの、オリヴェルさんだけがつらい思いをしてるじゃないですか」

「………」

「どうして誰も理解しようとしないんだろう。種族間の溝をなくしたいって、身分差に囚われずに手を取り合って生きたいって、そんなにおかしい考えですか……!?」

荒ぶる感情によってまぶたの裏が熱くなり、メロウはぎゅっと目をつむった。悔しくて腹立たしくて、涙腺《るいせん》がゆるんでしまいそうになる。

けれど馬車の中で守られていながら、自分だけがやるせなさに涙するなんて許されないと思った。誰よりも苦しい状況にいるのはオリヴェルなのだから。

「あんなに強くて優しいひと、草食獣の中でも肉食獣の中でも、僕は他に知らないのに……っ」

両手で顔を覆ったメロウは、指先でぐしゃりと前髪を掻き、震える声で吐露した。隣に移動してきたイェリクが、メロウを労るように背中を優しくさする。

「――オリヴェル様を慕ってくださっているのですね」

弟分を気遣うような、静かながらも温かみのある声をぼんやりと聞きながら、メロウは奇妙な引っかかりを覚えていた。

(……、……オリヴェルさんを、慕ってる……?)

そうだ。間違いない。自分はオリヴェルのことを獣人として好ましく思っている。誠実で、心優しく、崇高な信念を持つオリヴェル。そんな彼を尊敬しているし、支えになりたい、苦しみを抱えているのなら取り除いてあげたいと思った。

　けれどただの友人としての思いかと言われれば、それともまた違う気がした。自分にとってかけがえのない、もっと特別な……――。

「……たとえどれほど怒りが込み上げる状況だったとしても、オリヴェル様の勇姿をその目に焼きつける覚悟はおありですか？」

　ぐるぐると思いを巡らせるメロウの隣で、イェリクがなにかを心に決めたような、明瞭な調子で尋ねてきた。困惑しつつもメロウが頷くと、イェリクは扉をわずかに開けて御者席へ目を向ける。

「帽子を貸してください、ラーシュ。それから、目立たない場所に馬車を移動できますか？」

　突然の指示にもラーシュは迷いなく「了解」と答え、扉の隙間から帽子を差し入れた。馬車が動き出す中、イェリクがおもむろにコートを脱ぎ、ホワイトタイを首元から引き抜く。

　躊躇なく衣服を脱ぎ始めたイェリクに、メロウはぎょっとした。シャツのボタンを外しながら、イェリクはニヤリと口角を上げる。

「さて、これから突如として現れた鹿《しか》が肉食獣たちの間を駆け回ります。獣返りをした草食獣など目にする機会がない奴らは、少なからず動揺することでしょう。その混乱に乗じて、アーネル様は中庭を目指してください。他人に聞かせたくない話をする際、グスタフ様はいつもあの場所を選ぶので」

　饒舌に説明しながらシャツを脱ぎ捨てたイェリクは、最後にモノクルを外し、かつての主人を馬鹿にするように鼻で笑った。

「あの腹立たしい肉食獣たちに、一泡噴かせてやりましょう」

羊耳が目立たないように、とメロウの頭に帽子を被せ、イェリクはまぶたを伏せて唇を結ぶ。ものの十秒ほどで鹿の姿に変身したイェリクは、スラックスを後ろ足で蹴り上げて馬車を飛び出した。

屋敷の正面に駆けていくと、予測どおり悲鳴と混乱の声があがる。祝賀会はすでに始まっている時刻なので、きっとグスタフに仕える肉食獣の従者たちの声だろう。

獣返りをした草食獣を見てしまい、肉食獣が本能に突き動かされるまま草食獣を襲う……という大昔の事件が頭を過り、メロウは慌てて馬車の扉を開けた。御者席に腰かけ、「派手にやってんなあ」とのんびりした調子で騒ぎを見守るラーシュに声をかける。

「だっ、大丈夫なんですかあれ!?」

「腐っても貴族様の従者たちだ。たった一頭の鹿に心を惑わされて襲いかかるなんて醜態《しゅうたい》、晒すはずがない。幼い頃はああやって、草食獣を馬鹿にする肉食獣従者をイェリクと二人でからかったもんだ」

昔を懐かしむ様子のラーシュに、メロウは呆れ顔で口を閉ざした。二人とも今やすっかり落ち着いたものだが、幼少期はなかなかのやんちゃ坊主だったらしい。

とにもかくにも、従者たちの注意が散漫になっているうちに中庭を目指さなくては。帽子に羊耳を押し込んで、メロウは「行ってきます!」と馬車を飛び出した。

すばやく屋敷の正面に回ると、階段の上を機敏に逃げ回る鹿に、肉食獣の従者たちが右往左往していた。人間の姿を基調にした獣人と完全な獣の姿では、どうやっても後者の身体能力のほうが高い。

かといって肉食獣のプライドから、人前でおいそれと獣返りはできないらしい。

執事服に身を包み帽子で羊耳を隠したメロウは、ジャッカル族などの小柄な肉食獣従者にうまく紛れることができ、労せずして階段を上ることができた。

屋敷の外周をたどるように駆け、中庭に植えられた低木の陰に身を潜める。中庭はちょうどダンスフロアに面していて、ガラス扉から中の様子をうかがえた。

壁際に立つ婦人は皆美しいドレスで着飾っていて、男性に声をかけられると嬉しそうにフロアに繰り出していく。やがて演奏が始まると、それぞれのペアが身を寄せ合い、慣れた様子で踊り始めた。

輝くシャンデリアの下、ドレスの裾をふわりと広げながら舞う様は優雅で、そのきらびやかな光景にメロウは圧倒される。

（こんなパーティーに招待されるなんて、オリヴェルさんはやっぱり住む世界が違うひとなんだ……）

自分とは縁のない景色に怖《お》じ気づきそうになり、メロウは強くかぶりを振った。いけない。身分や種族に囚われず、彼を支えようと決めたのに。

そうやって見守っているうちに、長身の男性たちがガラス扉に近づいてきた。人目を気にしながら中庭に出たのは、オリヴェルを含む四人のオオカミ族だった。

「あれだけ念入りに紹介してやったというのに、ラーゲルバリ公爵令嬢をダンスに誘わないとはどういうことだ、オリヴェル。この出会いが行く行くは婚姻まで繋がる可能性だってあったものを」

不愉快そうな面持ちでなじるのは、銀色の髪を後ろに撫でつけた六十歳前後と思《おぼ》しき男性だ。彼とよく似た男性二人は三十代といったところで、同じくオリヴェルに厳しい目を向ける。

「公爵令嬢がお前の容姿の噂を耳にされたと知り、せっかく引き合わせてやったというのに」

「お前の長所なんて、母上によく似たその顔立ちくらいだからな」

　突然飛び出たオリヴェルの結婚の話題に、無関係であるはずのメロウまでギクリとした。ダンスフロアで多くの男女が身を寄せ合っていたように、見知らぬ相手の腰を抱くオリヴェルを想像するだけで、胸の内に真っ黒な靄《もや》が広がっていく。

「それで当日になって突然『必ず来い』と命じたのですか……。私は結婚など考えておりませんと、何度も申し上げたはずです、父上」

　メロウの胸のざわめきを蹴散らすように、オリヴェルがうんざりした様子で言い返した。その発言から、彼が対峙しているのがグスタフと兄たちなのだと分かる。次兄と思われる男が口にしたとおり、柔和な風貌のオリヴェルと比べ、他三人は厳《いか》めしい雰囲気がいかにも肉食獣然としていた。

　尻尾を膨らませて苛立ちを示したグスタフが、腕組みをして顎を上げた。

「芸術だかなんだか知らんが、金にならんものに入れ込んでいる暇があったら、お前も私の仕事を手伝えと何度言えば分かる？　それができないのなら、せめて有力者との繋がりを作るくらいはしたらどうだ？　……本当に、あの草食獣の乳母に子守を任せたせいでとんだ失敗作に仕上がったもんだ」

　失望を隠さないグスタフのあまりに横暴な発言に、メロウはカッと頭に血が上るのを感じた。それはオリヴェルも同じらしく、眉間にきつく皺を寄せてグスタフを睨みつける。

「乳母のことを悪く言うのはおやめください」

今にも燃え盛りそうな怒りを懸命に抑えているのだろうか。オリヴェルに人格が変わる兆《きざ》しは見えない。血の繋がった家族もオリヴェルに別人格が存在することを把握していない……というイェリクの言葉を思い出し、メロウはハラハラしながらバリエンフェルト一家のやりとりを見守った。

「紛れもない事実だろう。気弱で、とんだ甘ったれで、絵ばかり描く生産性のない子供だった。懇意にしていたイタチ族の乳母の都合がつかなくなったため、お前だけ急遽ウサギ族の乳母を宛《あて》がったが、そのせいでいまだに草食獣のような卑しい身分の文化にうつつを抜かしている」

「草食獣は決して卑しくなどありません。日々の生活にささやかな幸せを感じ取り、一生懸命に生きる彼らは、分かりやすい富や名声でしか満足できない肉食獣よりよほど豊かな心を持っています。卑しいのは我々肉食獣のほうだ……！」

「お前……ッ、父上になんという口を利いているんだ！」

眼光鋭いグスタフから決して目を逸《そ》らさず、毅然とした態度で反論するオリヴェルに、長兄がいきり立ってつばきを飛ばした。ダンスフロアにいる招待客がなにごとかと中庭に視線を寄越す。

長兄を制止したグスタフは、忌々しげにオリヴェルをねめつけ舌打ちの音を漏らした。

「もういい。なんの役にも立たないのならとっとと屋敷を出て行け。安っぽい草食獣の臭いを漂わせる奴のせいで、高い金を払って掻き集めた美酒がまずくなるわ」

吐き捨てるようにそれだけ言うと、グスタフは息子たちを連れてダンスフロアへ戻っていった。

一人残された中庭で、オリヴェルが長い溜め息をこぼす。煙草《たばこ》の火を消したあともしばらく煙が残るように、グスタフたちがいた場所にはいまだ重たい空気がもやもやと漂っている気がした。

オリヴェルが父親と会うのに勇気が必要な理由を、己の目と耳で確認し、メロウはなんとも言えない苦い思いを噛みしめた。オリヴェルに声をかけたい、けれどメロウに見られていたと知られるのは嫌なのではないだろうか。と、腰を浮かせたり落としたりしているうちに、低木に膝が触れてカサッと音が鳴った。

左の狼耳をぴくりと震わせたオリヴェルが、まっすぐに視線を寄越す。覚悟を決めてメロウが立ち上がると、オリヴェルは驚いた様子で目を見開き、それから苦笑した。

「格好悪いところを見られてしまったな」

「あの……っ、ごめんなさい。でも、格好悪くなんかない」

焦りから眉を下げつつ、メロウはふるふると首を横に振った。家族から辛辣《しんらつ》な言葉を吐かれながらも、草食獣と対等に生きるという信念を、オリヴェルが決して曲げなかったのが嬉しかった。

贅を尽くして着飾ったどんな貴族よりも、今夜のオリヴェルがメロウには一番美しく、輝いて見えた。

「格好良かったです。すごく格好良かった。ああやっていつも僕たちを、草食獣を守ってくれてるんだって思ったら胸がいっぱいになって……それで……」

喜びや感動、ときめきといった感情が清水のようにこんこんと湧いて、メロウの心を溢れさせる。

伝えたい言葉はたくさんあるのに、うまく形にできないもどかしさにメロウは歯噛みした。

切なげに唇を結ぶメロウに、オリヴェルが「おいで」と腕を広げた。惜しみない慈愛の眼差しに、メロウは堪らない気持ちになって駆け出す。途中で帽子が脱げて落ちたが、拾いに戻る余裕はなかった。

オリヴェルは胸に飛び込むメロウを全身で受け止め、膝の下に腕を回して抱え上げた。

「やはり、メロウについてきてもらって良かった。……父や兄と向き合うことで涸《か》れた心を、こうしてすぐに潤してくれる」

感じ入った様子で語るオリヴェルは、メロウの背中に手を食い込ませ、決して離すまいとばかりにきつく抱きしめた。メロウもまたオリヴェルの首に腕を絡め、無言で抱擁《ほうよう》に応えた。


オリヴェルの屋敷に戻る馬車の中で、メロウとオリヴェルは隣り合って座り、なにも言わず手を繋いでいた。正面の座席に腰かけたイェリクもそれに気づいていたはずだが、特に指摘することもなく静かに馬車に揺られていた。

屋敷の前で馬車を降りると、オリヴェルは「夜風を浴びながら少し話をしたい」と言って、イェリクとラーシュを下がらせた。石造りの噴水の縁に腰を下ろす。メロウもその隣に座り、目の前に広がるホワイトガーデンを眺めた。

六月に入った現在は、繊細な花びらを重ねた豪奢なピオニーが庭の主役となっている。夜風に揺れるピオニーの甘い香りを胸いっぱいに吸い込むと、すぐ横でオリヴェルが身じろいだ。

「世話になった乳母がウサギ族だったと、以前話したことがあるだろう？　彼女の獣耳と尻尾は、メロウと同じ美しい白だった。だから自分の屋敷を持つ際、庭に植える花は白で統一しようと決めたんだ。彼女に対する感謝と、贖罪《しょくざい》の気持ちを込めて」

「贖罪？」

「ああ。野蛮な狼に怪我《けが》を負わされたことによって、彼女は私が八歳のときに屋敷を出て行った」

　思いがけない話にメロウは目を丸くした。乳母について語るときのオリヴェルはいつも優しい表情を浮かべていたので、今も良好な関係が続いているのだと思っていた。

　戸惑うメロウをちらりと横目で見て、オリヴェルは静かに語り出した。

　三男が生まれて間もなく、実の母は伯爵夫人として忙しく過ごすようになり、オリヴェルは兄二人と同様に乳母の手で育てられた。しかしグスタフが話したように、予定していたイタチ族の乳母の都合がつかなくなり、三兄弟のうちオリヴェルだけが別種族の乳母に託されることになった。

　それが白い毛を持つ兎の乳母――ハンナだった。ハンナはおおらかで、それでいて肝っ玉の据わった草食獣だった。狼耳を生やしたオリヴェルにも恐れを見せず、自分の子のように深い愛情を注いだ。

　兄二人に比べてオリヴェルはあまり自己主張せず、庭を駆け回るよりも部屋の中で絵を描くことを好むおとなしい性格だった。六歳上の長兄と五歳上の次兄は勝ち気で、オリヴェルが物心つく頃には乳母の手を離れていたため、気質の異なる末っ子が余計に愚図《ぐず》に思えたらしい。『狼のくせに弱虫だ』

と兄たちはオリヴェルをいじめた。

兄たちの前では拳を握ってぐっと堪え、けれど陰でこっそりとハンナに泣きつくオリヴェルを、彼女はいつも抱きしめてくれた。

『オリヴェル様。あなたはとても優しいひとよ。あなたが他人を悪く言ったり、乱暴したりしないのは、相手の痛みが分かるからでしょう？　優しさはいつか必ず誰かを守る強さになるわ。あなたが心から守りたい相手ができたとき、ここにある優しさを強さに変えられるよう、〈優しさの魔法使い〉であるわたしがおまじないをしてあげる』

そう言ってハンナは『オリヴェル様が、優しく強い、素敵な大人に育ちますように』と胸をさすった。ハンナは魔力を持たない一般的な獣人だし、優しさの魔法使いなんてものも存在しない。だがそうされると胸がぽかぽかと温かくなって、本当に少し強くなれたように感じたのだ。

少しでもハンナに愛情を返したくて、オリヴェルはたくさんの絵を彼女にプレゼントした。ハンナの似顔絵や、花の絵、作ってもらったお菓子の絵……。実の両親は『肉食獣らしくない』と言ってオリヴェルが絵を描くことを嫌ったが、ハンナはいつも喜んで受け取ってくれた。

『ありがとう、オリヴェル様。あなたにもらった絵はどれもわたしの宝物よ』

クレヨンで描いた拙《つたな》い絵を胸に抱き、にこにこと笑うハンナは、オリヴェルのすべてを肯定してくれた。種族は違えど、オリヴェルも育ての母であるハンナを心から慕い、「魔法」によって強さに変えてもらった優しさで彼女を守ろうと考えていた。

「――だが私は、彼女にもらった強さの使い方を間違えてしまった」

嘆息したオリヴェルは、暗闇に浮かび上がる白いピオニーを見つめ、沈んだ声で続けた。

八歳になったオリヴェルは、その日もハンナと子供部屋で遊んでいて、手洗いに立つため途中で廊下へ出た。用を済ませて戻ろうとした際、十三歳と十四歳の兄たちがキッチンに入って行くのに気づいた。

「嫌な予感がしたんだ。冷蔵庫には私とハンナが一緒に作ったクッキー生地が寝かせてあって、兄たちは悪巧みをするかのようにニヤニヤと笑っていた」

慌ててあとを追いかけたオリヴェルは、扉を開けた先に広がる光景に息を飲んだ。クッキー生地を取り出した兄たちは、あろうことかそれを床に放り投げ、ぐちゃぐちゃに踏みつけていたのだ。

呆然と立ち尽くすオリヴェルを振り返り、兄たちは『粘土遊びをしてたなら俺たちも混ぜろよ』と嘲笑する。瞬く間に沸点に達した怒りが、オリヴェルの脳を真っ赤に塗りつぶした。

「理性を忘れて獣返りをした私は、狼の姿で兄たちに飛びかかった。兄たちも負けじと拳を振り上げて、殴る蹴るの大喧嘩になった。そこに、騒ぎを聞きつけたハンナが飛び込んできたんだ」

荒ぶる感情に身を任せて牙を剝《む》き、前足から鋭い爪を覗かせていたオリヴェルは、ハンナの悲鳴で我に返った。気づけばハンナの右腕からは鮮血が滴《したた》り、舌の上には転んで口の中を切ったときのような嫌な味が広がっていた。

「必死に兄弟喧嘩を止めようとしたハンナは、怒りで我を忘れた野蛮な狼に嚙みつかれ、腕に傷を負った。……野蛮な狼は私だったんだ」

幸いにもハンナの怪我はひどいものではなく、一週間の休養ののち屋敷に戻ってきた。すっかり塞《ふさ》ぎ込んでいたオリヴェルも、廊下からハンナの足音が聞こえると、彼女に会える喜びと『謝らなくては』という思いですぐに部屋を飛び出した。

けれどオリヴェルを前にした彼女は、以前のように優しく微笑んではくれなかった。今にも飛びついてきそうなオオカミ族の少年に、ハンナは青い顔で『ひっ……』と悲鳴をあげた。

「それで私はようやく気づいたんだ。私はハンナに、体だけでなく心の傷まで負わせたのだと」

どんなに親しい間柄でも、草食獣の魂には肉食獣に対する本能的な恐怖が刷り込まれている。狼に噛みつかれた経験は、ハンナの中にある草食獣としての怯えを表面に浮かび上がらせた。それは気の持ちようで乗り越えられるものではない。

獣返りした肉食獣が草食獣を襲う事故など、絶対に起こしてはいけなかったのだ。

「それから間もなくしてハンナは乳母の仕事を辞め、屋敷を去った。きっとハンナはもう肉食獣の世話は焼けないだろうと、私も子供心に悟った。……種族の違いなど気にせず、誰にでも深い愛情を向けられる貴重な草食獣を、私がこの世から一人消し去ったんだ」

その一件をきっかけに、オリヴェルは己の中の本能を徹底的に抑え込むようになった。

感情を荒立てないように制御し、肉食獣らしい乱暴な振る舞いは決してせず、常に冷静であるよう努める。絵を描くことも一切やめてしまった。もう自分の絵で喜んでくれるひとはいないのだから。

そうやって過ごすうちに、オリヴェルは奇妙な症状を自覚するようになった。時折どうしても制御できない強い怒りで心を乱されると、貧血を起こしたかのごとくふいに意識が途切れるのだ。

「常に行動をともにするイェリクやフーシュは、記憶を失っているときの私も普段となんら変わりないと言ってくれる。……だが、本当は不安で仕方ないんだ。私の中の野蛮な狼が暴走して、また誰かを傷つけているのではないかと」

　自分の中に潜む肉食獣としての一面を隠すように、オリヴェルは拳をきつく握った。月光に青白く照らされ、筋張った手の甲がわななく。メロウはなにも言えず、うなだれるオリヴェルを呆然と見つめていた。

　夜も眠れないほどオリヴェルを悩ませるものはなにかと、ずっと気にかかっていた。なぜ第二の人格の存在を本人に知らせないのか、不思議に思っていた。

　けれどオリヴェルの過去を知った今は、従者たちが口を噤み続けた理由が手に取るように分かる。

（オリヴェルさんを不安にさせていたものは、オリヴェルさん自身だったんだ……）

　抑圧された本能が剝き出しになった存在――それこそがオリヴェルの第二の人格なのだろう。

　草食獣差別が強い中央地区で生活していれば、心優しいオリヴェルが憤りを覚えるような場面も少なからずあったはずだ。そのたびにオリヴェルは己の感情を否定し続け、無意識のうちに自分の心に強い負荷をかけていた。

　狼としての本能を殺し、決して他人を怖がらせずに生きる。そう固く誓ったオリヴェルが、抑え込んだはずの怒りを剝き出しにする第二の人格が自分の中にあると知ったら……——。

（そんなの……そんなの、ショックで立ち直れないに決まってる。魔法がうまく使えなくて僕が落ち込むのとは比べものにならないくらい、ひどく傷ついて、自分が許せなくて、……きっともう誰の前にも姿を現したくなくなる）

だからオリヴェルを慕う者は皆、第二の人格の存在を必死に隠しているのだ。彼の心を守るために。

——普段の『オリヴェル』の前では、そういうこと言ってやるなよ。

どちらの人格も根本は変わらないと告げた際の、オリヴェルの切なげな顔がよみがえった。第二の人格もまた自覚しているのだ。自分の存在が、主人格にとって悪とみなされることを。

初めてオリヴェルの第二の人格と遭遇した際、彼は「俺に喰われてもいいのか」とメロウたちを脅した。当時はその言葉を本気で恐れたが、今となってはただの虚言であったと分かる。

オリヴェルは絶対にメロウを傷つけたりしないとメロウは信じていた。けれどオリヴェルは違う。

（ああ、そうか……。もう一人のオリヴェルさんも、僕やイェリクさんを守ろうとしてくれたんだ。「恐ろしい肉食獣」である自分から）

草食獣を傷つけた自分を許せずにいる彼にとって、オリヴェル・バリエンフェルトはいつまでも野蛮で信用に足らない狼なのだ。だから草食獣が最も怯える台詞を口にして、メロウを遠ざけようとした。

本来の自分でいられる場所がなければいつか爆発してしまう——そう語ったオリヴェルが、誰よりも自分自身を曝け出せずにいる。

オリヴェルが抱える孤独を思うと、炎で焼かれたかのように胸の奥がヒリヒリした。苦しくて、やるせなくて、鈍い痛みがメロウを苛む。

中途半端な慰めの言葉などかけられなかった。悩んだ末、メロウはオリヴェルの拳にそっと自分の手を重ねた。

頬擦りをするようにして肩口に頭をもたせかけて体温を共有する。少しでもオリヴェルの心を温められるように。手のひらを合わせ、指を絡めて深く繋ぐ。初夏のやわらかな風を頬に浴びながら、メロウは純白のピオニーがぼんやりと浮かび上がる夜の庭を眺めていた。

「メロウ。君は私にとって大切なひとだ」

メロウの角の根元に唇を寄せ、オリヴェルは静かに告げた。

「幼少期からの付き合いの従者たち以外で、草食獣と新たに信頼関係を結べるなんて思っていなかった。……そんなことを望む資格は、私にはないと思っていた」

傷を抱えた狼の、悲しい言葉が胸に刺さった。羊の角に触覚はないが、声の振動は微かに伝わってくる。メロウはまぶたを伏せてその感覚に神経を研《と》ぎ澄ませた。オリヴェルから与えられるものはすべて受け止めたいと、そう思った。

「だけど君は私に、草食獣とともに生きる夢に向かって進む勇気を、希望をくれた。頼れる相手になってくれた」

オリヴェルの声の調子がふっとゆるんで、親指の腹がメロウの手の甲を撫でた。慈しむような動作が嬉しいのに切ない。メロウは薄くまぶたを開け、きゅっと唇を結んだ。

（僕を頼れる相手だって思ってくれてるなら、もっともっと頼ってほしいよ。……こんなんじゃ全然足りないよ）

オリヴェルにならどんな感情をぶつけても許してもらえるはずだと、メロウは彼を信頼して心を預けた。だからオリヴェルにも信じてほしかった。メロウのことを、……彼自身のことを。

（ああ……、僕、オリヴェルさんが好きなんだ……——）

ずっと正解が分からずにいたパズルの一ピースが見つかったときのように、メロウは唐突に理解した。

依頼主に対する責任感や、親しい相手に向ける友愛、家族への深い愛情。それらのどれとも異なる、焦燥《しょうそう》を伴う甘い疼《うず》きの意味を。オリヴェルの、優しくて格好良くて、時折可愛らしくもある姿を独り占めしたくなる理由を。

これがメロウの、初めての恋だ。

「私は絶対に君を傷つけないと誓う。……だが万が一そんな事態が起きたときは、どうか容赦なく私を突き飛ばして、永遠に私の前から逃げてくれ」

愛の囁きにも似た甘さを漂わせる声音で発せられたその台詞は、寂しくて痛々しかった。自分を信じられない孤独な狼の心を、どうやったら癒すことができるのだろう。

眠り屋としてではなく、彼を愛する一人の獣人として、メロウは夜のホワイトガーデンで思いを巡らせていた。

まどろみの書、癒しのベル、スケジュール帳とペンに、狼のぬいぐるみ。それらをトランクケースに詰めて椅子に置き、メロウはその隣の椅子に腰を下ろした。時刻は二十一時を回ろうとしている。テーブルの中央には陶器の一輪挿《ざ》しが置いてあり、純白のピオニーが凛《りん》と胸を張っていた。今日の日中、花屋の前を通った際に見つけてつい購入したものだ。

腹の底からじわりと湧き上がる居たたまれなさに、メロウは目を泳がせる。

(だってこんな……、オリヴェルさんのお屋敷を連想させる花を衝動買いしちゃうなんて……。本人に「一本もらえませんか」っておねだりするより余程恥ずかしい気がする)

銀色の艶やかな髪と、美しい狼耳、強い意志を感じさせる金色の目。オリヴェルを作る要素を頭に浮かべると余計にそわそわして、メロウは意味もなく窓に近寄った。カーテンを開けて見上げた先には黒く染まった空が広がっていて、先々週の記憶が否《いや》が応でもよみがえる。夜の庭園で、オリヴェルへの恋心を自覚した日のことだ。

田舎町に住んでいた頃は、近隣住民は皆家族のように接していたため、年の近い女の子にも恋愛感情は抱かなかった。メロウにとっての恋とは本の中で描かれる夢物語でしかなく、いずれはそういう経験をするかも……と頭の隅で思いつつも、どこか遠い世界の出来事のように感じられるものだった。

だから初めて恋をした相手が、絵本に登場する王子様のような獣人だなんてことは、想像もしていなかった。

（肉食獣だし、男のひとだし、ファラベルバルに来てなかったら絶対あり得なかった相手だな）

動物による同性愛行動は大昔から行われているため、獣人社会となった今でも、男性同士や女性同士の恋愛は決して珍しくない。とはいえ、それは大きな街だからこそ見られる組み合わせとも言える。田舎ではやはり子供を成せる相手と結ばれるのが一般的だった。

（そういうの、爵位持ちの貴族はどうなんだろう。跡継ぎ問題かなにかで、異性としか結婚できない、みたいなのもやっぱりあるのかなあ）

大真面目に考えたことが、オリヴェルと恋愛関係になるという前提のものだと気づき、誰に見られているわけでもないのにメロウは赤面した。

「お、おこがましいにもほどがある……！」

冷静にならなくてはと思うのに、穏やかに綻ぶ目許や、メロウに触れる優しい手、ベッドの中で抱き寄せてくるたくましい腕を思い出すと、それだけで胸が切なく軋《きし》む。けれど同時に、甘美な喜びもまた広がった。トクトクと音を立てる胸に手を当て、メロウはほうっと熱を帯びた息を漏らす。

（オリヴェルさんは僕のこと、どう思ってるんだろう。……もし僕と同じ気持ちでいてくれたとして

も、それだけで浮かれてちゃ駄目なんだよね）

　夢の中を歩くようなふわふわした心地でいたはずが、いずれ直面するであろう現実について考えると、心に隙間風が入り込んだかのように唐突に頭が冷えていく。浅く息をついたメロウは、カーテンを閉めて窓を離れた。

　オリヴェルがいかに自分を甘やかし、可愛がってくれているかをメロウはよく知っている。だからこそ、彼も同じ気持ちを抱いてくれているのだとしたら、今度は自分の存在が彼の不安を掻き立てる要因になるのではないか……とメロウは懸念《けねん》していた。

　抑え込んだはずの本能が別人格となって表に出ていると知れば、オリヴェルはきっと大きな衝撃を受け絶望の淵に落とされるだろう。だがその存在を隠し続ける限り、彼の記憶の欠落は決してなくならない。なにせ最近では怒りを感じていなくても、メロウの前では頻繁《ひんぱん》に第二の人格が現れるのだ。なにが要因となって人格が交代するのかが判然としない以上、オリヴェルの記憶の欠落は防ぎようがなかった。

（オリヴェルさんが狼としての本能を受け入れて、もう一人の人格を自分の中に取り込めたらいいんだろうけど……）

　ウンウンと唸りながらテーブルに戻り、椅子を引いて腰を下ろそうとしたタイミングで、来客を知らせるベルの音が鳴った。扉には閉店を告げるプレートをかけている。今夜の最後の予約——オリヴェルへの魔法処置のため、イェリクが迎えにきたのだと思った。

　しかし扉の前に立っていたのはイェリクではなく、オリヴェル本人だった。

「えっ!?　なんでオリヴェルさんが!?」

「予定より早く帰宅できたので、イェリクと一緒に迎えにきたんだ。早くメロウに会いたくて」

　嬉しそうに目を細めるオリヴェルに、メロウはさらに動揺する。胸が苦しいくらいに高鳴るが、とあることに気づいてはたと動きを止めると、メロウは慌ててテーブルの前に移動した。

「せっかくオリヴェルさん直々《じきじき》に迎えにきてくれたんだし、急いでお屋敷に向かいましょうか！」

「……？　トランクケースは持たなくていいのか？」

「あっ、も、持ちますよ！　先に馬車に乗っていてください」

「その椅子に置いてあるだろう？　運ぶのに時間がかかるくらい重たいのなら、私が持とう」

「あああ、待って！　そっちに行ったら……っ」

　長い脚であっさりとメロウの後ろに回り込むオリヴェルを、メロウは慌てて制止しようとするが時すでに遅し。純白のピオニーを見つけたオリヴェルが、「これは……」とつぶやいた。あまりの羞恥に頭から湯気が出そうで、メロウは額に手を当てて深くうなだれる。

「イェリクにでももらったのか？」

「……いえ……、花屋に行ったときに自分で買ったんです……」

「わざわざ？　種類も色も同じ花が私の屋敷にもあるのに？」

　きっちり言葉で確認され、メロウは真っ赤な顔でこくりと頷く。

「オリヴェルさんのお屋敷に行ったときみたいに、幸せな気持ちになれそうだなって、思って……」

今にも消え入りそうな声でメロウは答えた。一拍の間ののち、オリヴェルがふっと笑い声を漏らした。メロウは羊耳を垂らし恥ずかしさに悶《もだ》えるが、頬に触れた手によって強制的に顔を上向けられる。

メロウを見下ろす目は、とろりとこぼれる蜂蜜《はちみつ》のような、甘く濃密な色をしていた。

「可愛いな。……メロウは本当に可愛い」

親指の腹で頬を撫で、オリヴェルは満ち足りた表情で囁いた。触れられたところが焦げてしまいそうなほど熱を持つ。度を超えたときめきと緊張で、メロウの喉はカラカラに渇いた。

思わず喉を鳴らしたタイミングで、扉に提げられたベルが再び来客を知らせた。

「ラーシュも待っていますし、そういうことはせめて屋敷に着いてからにしていただけませんか」

店内に顔を覗かせたイェリクが呆れ声を漏らした。弾かれたように身を離すメロウに対し、オリヴェルはあっけらかんとした様子で「ああ、そうだった。すまない」などと返している。これ以上ないほど顔を赤くして、魚のようにぱくぱくと口を開閉するメロウとは大違いだ。

蠟《ろう》で固められたかのように硬直するメロウに代わり、オリヴェルがトランクケースに手を伸ばした。左手にそれを提げると、流れるような動作で右腕をメロウの肩に回す。

「さあ、優秀な執事に急かされてしまったことだし、もう行こうか」

尻尾をゆるやかに振って微笑むオリヴェルに、メロウはドキドキするやら悔しいやら、情緒の変化が忙しなかった。もしかしたらオリヴェルは、メロウの気持ちなどとっくにお見通しなのかもしれない。

(恋をしたのなんて初めてだから、どうやったら自分の気持ちを隠せるのかも分かんないもんな……)

悶々《もんもん》としながらもメロウはオリヴェルとともに馬車に乗り込み、彼の屋敷を目指した。イェリクも交えて他愛ない話をしつつ、果樹園通りを抜けて中央地区に入る。

「それでね、この間の焼き菓子店に行ってみたら、動物の形の型抜きクッキーが並んでたんです」

「へえ。それは見てみたいな。あの店員さんのようなリス型のクッキーか？」

「リスの他にも、牛や山羊《やぎ》、鶏《にわとり》……、あとは羊と狼もいました！」

「東地区の焼き菓子店に狼型のクッキーが並んでいるのですか？　オリヴェル様の従者としては光栄ですが、果たしてそれは売り物として成り立つのでしょうか」

「……い、いつも売れ残るそうです……！」

メロウの正直すぎる返答に、オリヴェルが「ははっ」と声をあげて笑った。後先考えずに話し始めてしまった、と気まずい思いで窓の外に目を向けたメロウは、少し先にある洒落た雰囲気のカフェから、乳児を抱えた母親が慌てて出てきたのに気づいた。

黄色の獣耳は縁だけが黒色の三角形だ。尻尾の先端が白いことからキツネ族だと分かる。子供を連れてゆっくり散歩……と考えるにはいささか遅い時間だが、身なりの良さのわりに化粧はほとんどしておらず、なにか事情があることがうかがえた。手早く準備を済ませて急いで家を出てきたのだろう。

キャウ、キャウ、と高い声で泣く子狐は、よく見れば獣返りを起こしていた。自分の感情を制御できない乳児は動物の姿でいることも多い。それはごく自然な状態なのだが、母狐は子供の獣返りと泣き声に焦りを募らせ、周囲の目を気にしながら懸命にあやしている。

「どうしたの？　ミルクも飲んだし、おむつだって濡れていないでしょう？」

内側に巻いた尻尾を震えさせ、母狐は獣耳を伏せて我が子に声をかけた。それでも母狐が必死になればなるほど、子狐は「キャアァウ！」と夜の繁華街に大きな声を響かせる。

幼い弟妹の世話を焼いてきたメロウは、今にも不安に押しつぶされそうな母狐を見ているうちに、居ても立ってもいられなくなった。外倒し窓を開いて「馬車を停めてください」とラーシュに告げ、トランクケースを抱えて外へ飛び出した。

通りを歩く肉食獣たちがぎょっとする中、メロウは迷いなく母狐のもとへ駆け寄った。

「こんばんは。可愛い赤ちゃんですね」

突如として現れたヒツジ族の青年に、母狐は目を白黒させた。淡い桃色のおくるみに包まれた子狐は、黄色の毛に覆われた前足をばたつかせ、不機嫌を露わに泣き続けている。

(ミルクでもおむつ交換でもないとなると、……そうだな)

上体を傾けて子狐を見つめたメロウは、口角を上げて小首を傾げた。

「お腹がいっぱいになって眠くなっちゃったのかな？」

「えっ、あ……そうなの……？」

どうしたらいいのか分からない、といった様子で表情を曇らせる母狐に、メロウは「僕に任せて」

と明るい笑みを見せた。睡眠リズムがまだ整っていない乳児は、眠たいのにうまく入眠できない不満から泣いてしまうことがままある。メロウはトランクケースを地面に置き、中から癒しのベルを取り出した。

「お母さんに抱っこしてもらえて、温かくて気持ちいいね。大丈夫だからゆっくりおやすみ」

肉食獣たちが見守る中、肉球のついた前足を軽く握り、メロウは優しくベルを鳴らした。すでに眠気に襲われている乳児なら、癒しのベルだけで十分な効果が得られるはずだ。

その読みは的中して、リーン……とやわらかい音色が周囲に響いた途端、子狐の尖った泣き声がふいに力を失った。徐々に泣き声が小さくなり、やがてそれは健《すこ》やかな寝息に変わる。

先ほどまで鳴き声をあげていたのが嘘のように、子狐はあっという間に眠りに落ちた。

「おおっ、すごい！」

「草食獣の魔法使いか!?」

事態を見守っていた肉食獣たちが、思わずといった調子で歓声をあげた。メロウはすかさず唇に人差し指を当て「しっ！」と叱責する。肉食獣たちも両手で口を塞ぎ、慌てて子狐の様子をうかがった。

大人たちの騒がしい声にも身じろぎ一つせず、子狐は細い髭《ひげ》を揺らしてすやすやと寝息を立てていた。その愛くるしい姿に誰もが頬をゆるめる中、やわらかな色のおくるみにぽたぽたと雫が落ちてきた。

メロウが驚いて顔を上げると、子狐を抱いた母狐が両目から大粒の涙を流していた。

「自分の娘がなにを求めているのかも分からないなんて、わたし、駄目な母親ね……。いつも娘の世話をしてくれている乳母が体調を崩してしまったから、『この子ならわたしがちゃんと面倒を見るからゆっくり休んで』なんて言ったのに、全然うまくやれないの」

はらはらと涙を流す母狐をしばし見つめたのち、メロウはトランクケースからハンカチを取り出した。そっと差し出すと母狐も素直に受け取り、濡れた頬を拭う。

「乳母さんは奥さんの家に住み込みで働いているんですか？」

メロウの問いに母狐はぐすっと鼻をすすって頷いた。メロウは彼女の腕の中にいる子狐に目を向けると、マズル部分を指先で撫でる。

「赤ちゃんの泣き声を聞いたら乳母さんが不安で休めないだろうから、気を遣って外に出てきたんですね。十分優しいお母さんじゃないですか」

ミルクをもらえると思ったらしく、子狐は寝ぼけてメロウの指をぺろぺろと舐《な》めた。くすぐったくて、可愛らしくて、メロウの目許は自然と綻ぶ。

そんないたいけな赤子を見ていたら、賑やかだった実家の光景が脳裏によみがえった。

「僕ね、五人の弟や妹がいるんです。でもみんな性格が違って、絵本を読み聞かせるだけですぐに寝ちゃう子もいれば、昼のうちに全力で遊ばせないとなかなか眠ってくれない子もいて……。たとえ血が繋がってても自分とは違う獣人だから、どんな風に接すればいいのか悩むこともいっぱいあります」

カロラとステファンの喧嘩の仲裁をしたり、怖い夢を見たと言って泣くマーヤを宥めたり、実家で暮らしていたときはそれはそれは大変だった。過ぎてみればどれも良い思い出だが、渦中にいたときは「疲れたな」と感じることも多々あった。今目の前にいる彼女も、まさにそうなのだろう。

半ば呆然と話を聞いていた母狐に、メロウはとびきり優しい笑みを見せた。

「こんな小さな、まだ話すこともできない赤ちゃんだもの。なにを求めてるのか分からなくて当然ですよ。だからどうか、駄目な母親だなんて自分を責めないでください」

ね？　と小首を傾げるメロウに、母親はまたぽろっと涙を落とした。肩を震わせてしばらく嗚咽《おえつ》を漏らしていたものの、幾分か胸のつかえが取れたらしく、口角を上げて愛しげに子狐を見つめる。

メロウに丁寧に感謝の言葉を述べた母親は、子狐を抱え直してカフェの前から立ち去った。一仕事を終えてメロウは安堵の息をつくが、一連の流れを見守っていた肉食獣たちが入れ替わりに近寄ってくる。

「なあ、あんた魔法使いか？　さっきのは魔法で赤ん坊を眠らせたってことでいいんだよな？」

「魔法は大人にも効くのか？　それとも子供限定の魔法なのか？」

「獣人を眠らせる魔法があるなんて知らなかった。草食獣の街にはそういう魔法使いがよくいるのか？　肉食獣にも効くなら、ぜひ俺も頼みたいんだが……」

目を輝かせた獣人たちが、好奇心を抑えきれない様子で矢継ぎ早に質問してきた。

「えっ、えっ、あの、その」

メロウはすっかり混乱してしまい、うまく言葉が出てこない。頭で考えるより先に体が動いて、咄嗟に馬車の外に飛び出したが、ここは中央地区で相手は肉食獣だ。下手な言動をして失礼があってはまずいのでは……という気持ちが、メロウの口を重たくする。

まごつくメロウの背中をそっと支えたのは、いつの間にか馬車から降りていたオリヴェルだった。

「眠りの魔法使いの力は、年齢や種族を問わない。私も頻繁に利用しているから、胸を張ってその効果を証明できる。そうだろう？　メロウ」

迷いのない眼差しを向けられ、大きな手で優しく背中をさすられる。それだけで、焦りばかりが募っていた頭の中が急にすっきりした。どんな自分であるべきかとさまよっていた軸が、拠《よ》り所を見つけて唐突に定まる。

（そうだ。僕はすべての獣人に平等で幸福な眠りを届けるために、ファラベルバルにやってきたんだ）

オリヴェルと無言で視線を交わしたメロウは、再び顔を正面に戻し力強く頷いた。

「はい。東地区に〈眠り屋・メロウ〉の名前で店を開いています。まずはそこに相談に来てもらって、どんな風に不眠症状の改善を行うかを、ご依頼主に合わせて計画していけたらと思っています」

物怖じせず告げるメロウに、肉食獣たちは「おおっ」と声をあげた。けれど歓喜に沸いたのは一瞬で、彼らはすぐに困った様子で肩を竦める。

「俺たちが東地区に行ったら草食獣に怖がられるだろう？　なんにもしてないのに悪者みたいに扱われると、どうにも居心地が悪くてなあ」

「確かに。それに『肉食獣のくせに眠れなくて悩んでいるのか』って思われるのも、なんとなくばつが悪いというか……。肉食獣だって眠れない夜くらいあるんだが」

「眠り屋なんて便利なものがあるなんて知らないから、俺たちは医者に頼るしかないもんなあ。診療所に通うのは大袈裟かな？　と躊躇しているうちに、どんどん不眠が悪化することもあるし」

　困り顔で腕組みする彼らに、メロウは「そうなのか」と目を瞬かせた。

　種族によって差別する肉食獣もいる一方で、草食獣からの拒絶を理由に、互いの間にある溝を埋めたくても埋められない肉食獣もまた存在する。そして、オリヴェルと同じように、なにかしらの悩みを抱えて眠れぬ夜を過ごす肉食獣も確かにいるのだ。

「それなら乗合馬車の組合に掛け合って、中央地区の広場から東地区の眠り屋付近までを往復する路線を準備しよう。以前親交のあったウマ族が、今は組合に属してまとめ役をしているんだ」

　すかさず助け船を出してくれたのは、傍らで話を聞いていたオリヴェルだった。肉食獣たちは「そりゃあ助かるな」と表情を輝かせる。メロウも負けじと挙手した。

「東地区に行くのに慣れたら、もし良ければ他の店にも顔を出してみてください。草食獣が作る料理や商品は、肉食獣の店とはまた雰囲気が違って面白いですよ。僕で良ければ街を案内しますし」

　大柄な肉食獣たちに囲まれながらも、決して怯《ひる》む様子を見せないメロウに、チーター族の男性が感心した様子で眉を上げた。

「あんた、小柄で線が細い、いかにもって感じの草食獣なのに、随分堂々としてるなあ」

「だってみなさん、僕たち草食獣よりお金持ちなんでしょう？　東地区でいっぱいお買い物をして、草食獣の街の経済に貢献してくださいよ」

　人差し指を立てたメロウがすかさず片目をつむると、メロウを囲む肉食獣たちが「こりゃなかなか商魂たくましい草食獣だ！」とどっと笑い声をあげた。朗らかな空気に、オリヴェルも楽しそうに肩を揺らしている。

　中央地区の住民たちとこんな風に笑い合える日がくるなんて、ファラベルバルに引っ越してきた当初は想像もしていなかった。

（肉食獣だって、草食獣と同じように笑ったり悩んだりする獣人なんだよ……って、次に実家に顔を出したときに教えてあげなきゃな。僕のことを心配してくれた家族に）

　そういう大切なことに気づけたのも、すべて心優しい狼のおかげだと、メロウは温かな気持ちでオリヴェルと微笑み合った。


　屋敷に到着すると、メロウはトランクケースを抱え、オリヴェルと並んで長い廊下を進んだ。メロウの存在は従者たちにもすっかり馴染みになっていて、顔を合わせるたびに「いらっしゃいませ、アーネル様」と声をかけてくれる。

「今日会ったひとたち、眠り屋に来てくれますかねー？　肉食獣の獣人ももっと気軽に利用してくれたら嬉しいんだけどなあ」

　オリヴェル以外の肉食獣と和やかな会話ができたのが嬉しくて、つい饒舌になってしまう。オリヴエルもメロウが上機嫌だと察したらしく、微笑ましいものでも見るかのように目許をゆるめた。

「すぐに肉食獣の依頼主が増えるかは分からないが、眠り屋の存在を知ってもらえただけでも大きな前進じゃないか？　それに、メロウのように肉食獣に対して友好的な草食獣がいると分かったことも」

「へへっ。うん、そうですよね」

オリヴェルが目指す「種族間の架け橋」の、草食獣側を担いたい。そんな宣言の第一歩を、今日は踏み出せたかもしれない。そう思うと、いくら気持ちを落ち着かせようとしても勝手に胸が弾んだ。

「僕ね、もっともっとたくさんの肉食獣と仲良くなりたいです。地区の区別なんてなくなるくらい、肉食獣も草食獣も当たり前に同じ街を歩けたらいいなって思う」

興奮を抑えきれず、メロウは羊耳と尻尾をぴょこぴょこ揺らしながら廊下を進んだ。上機嫌なメロウを、隣に並んだオリヴェルがじっと見つめる。

「オリヴェルさんに焼き菓子店を紹介したみたいに、東地区の良いところをいろんなひとに教えられたらいいなあ」

「……、メロウ」

「それに、中央地区のこともいっぱい知りたい。ただお互いの生活区域を行き来するだけじゃなくて、肉食獣の友達もできたらいいですよね」

「メロウ、中に入ってくれ」

どんどん膨らむ夢を熱く語っているうちに、気づけば寝室へたどり着いていた。オリヴェルに苦笑とともに促され、メロウは「あ、しまった」と目尻を赤らめた。まだ明かりのついていない寝室へ足早に踏み込む。あとから入ってきたオリヴェルがすぐに照明を灯すはずだ。

けれど予想に反し、オリヴェルはトカゲ族特製の魔法装置に手を伸ばさないまま、後ろ手に扉を閉めた。廊下の明かりが遮断され、広い寝室が闇に沈む。

「……？　オリヴェ……ッ」

部屋の主を振り返ろうとしたメロウは、次の瞬間、ゴンッと鈍い音を立ててトランクケースを床に落とした。胸の前に回された長い腕が、メロウの華奢な体をすっぽりと腕の中に閉じ込めてしまったからだ。

背中にオリヴェルの胸板が密着し、やわらかな銀髪が頬を掠めた。彼の呼気が肩にかかる。オリヴェルに後ろから抱き竦められている――そう気づくまでに、メロウはしばらく時間を要した。あまりにふいうちな触れ合いに、思考が停止していた。

「あ、の、……えっ……？」

「すまない。妬《や》いた」

「へっ？」

端的な説明に理解が追いつかず、メロウは間抜けな声を出した。オリヴェルは腕の位置をずらしてメロウをより深く抱き直し、一呼吸置いてから口を開く。

「健気で天真爛漫《てんしんらんまん》なメロウは、これから私以外の肉食獣ともどんどん親しくなっていくのだろう。そう思ったら嫉妬した。種族の差によっていがみ合うのはおかしいと、肉食獣と草食獣は共生していくべきだと語ったのは私だというのに」

羊耳のそばで吐き出される言葉は熱を帯びていて、その切なく掠れた響きに、体の芯にぞくりと甘い痺《しび》れが走った。聞き慣れたはずのオリヴェルの声が、今日は普段と違う空気をまとっている。目当ての獣に狙いを定めるかのような、……搔き口説《くど》こうとしているかのような。

「メロウがたくさんの獣人に愛されればいいと思う。けれど同時に、メロウの可愛らしさやひたむきな一面は、私だけが独占していたいとも思うんだ」

切々と紡がれる台詞にはメロウへの執心が滲んでいた。力が込められた腕が体に食い込み、息苦しいくらいだ。けれど背中に響く心音もドキッとするような速さで、オリヴェルもまた緊張の中で想いを伝えてくれているのだと察した。

「君が好きだよ、メロウ」

角の根元に唇を寄せ、オリヴェルは言った。愛を告げる言葉はシンプルだが、その奥に身を焦がすほどの熱量が込められている。なにか言おうにも、薄く開いたメロウの唇は細かく震えるばかりだ。唇だけでなく、動揺と昂揚で全身がひどくわなないた。

もしかしたらオリヴェルも……、そんな予感はあった。けれど実際に言葉に出して伝えられると、魂が沸き立つような歓喜を覚える。嬉しくて、幸せで、うっかり泣いてしまいそうだった。

だから心臓が飛び出そうなほど緊張していたとしても、逃げ出したいほどの羞恥を覚えたとしても、自分の気持ちをきちんと伝えなくてはいけないと思った。

「ぼ……僕も、オリヴェルさんが、好き……です」

胸の前に回された腕にそっと手を乗せ、何度も言葉を詰まらせながらメロウは言った。了承されるという確信を持ったうえでの告白かと思ったが、予想外にオリヴェルが目を丸くした気配がする。

「本当に……？　私が言っているのは、友情ではなく恋愛の意味での『好き』だぞ？」

困惑した様子で聞き返されると余計に恥ずかしい。メロウは半ば自棄《やけ》になって声を張り上げた。

「わっ、分かってます！　オリヴェルさん、僕の気持ちなんかとっくに気づいてるんだと思ってたんですけど、違うんですか？」

「いや、違わないが……、その、恋愛感情だという自覚がメロウにあるのが意外だった。少しばかり自分の気持ちに鈍いところがあるなと感じていたから」

「どんな返事をされると思ってたんです？」

「『オリヴェルさんのことは好きだけど、これが恋なのかは自分でも分からない』……とか」

確かに言いそうだ、と妙に納得してしまい、メロウは笑うしかない。告白のタイミングがもう少し早ければ、まさにそのような返答をしていただろう。けれどメロウは気づいてしまった。

細やかな気遣いをしたかと思えば、茶目っ気のある言動に愛嬌が滲んでいるところ。自分に触れる慎重で、時には強引な指先。深い愛情と強い信念を宿した金色の目。

それらが自分にとってどれほど大切で、愛おしい存在になっていたかということに。

「恋にも気づけない純真無垢な羊のほうが好きですか……？」

想いをすぐに受け入れる自分は期待外れだろうかと、メロウは不安に心を曇らせた。声のトーンが落ちたことに気づいたらしいオリヴェルが、慌ててメロウの肩をつかんで体を反転させる。

オリヴェルの腕の中に閉じ込められたまま、今度は向かい合う体勢となった。

「そんなことはない。嬉しくて舞い上がっているよ。……すまない、照れ隠しの軽口だ」

素直な心情を吐露したオリヴェルは、眉を下げて気恥ずかしそうに微笑んだ。

窓の外から差し込む月明かりのおかげで薄暗がりにも随分と目が慣れ、至近距離であれば互いの表情を確認できるまでになっていた。はにかむオリヴェルが可愛くて胸がきゅんとする。

互いの想いを打ち明け、至近距離で見つめ合ったら、その次はなにが起こるのかはさすがに想像がつく。物語から得られる程度の夢見がちな知識でしかなかったものの。

そっと頰に触れてくる手が合図となり、メロウはおずおずとまぶたを伏せた。視界を閉ざすと高鳴る鼓動がより大きく聞こえる。オリヴェルの唇の気配が近づいてくるまでの数秒が永遠のように長く感じられた。

やがてメロウの唇にやわらかな感触が重なった。初めて恋に落ちた相手と、初めてのキスをしている。そう思うと、メロウの中に春が訪れたかのように喜びが花開いた。

繊細な動作で触れ合わせ、角度を変えて軽く啄《ついば》んで、ちゅっと音を立てて端を吸い、オリヴェルの唇は離れていった。丁寧で優しい口付けにメロウはぽーっとする。すぐそばでオリヴェルに観察されているのを知りながら、つい己の唇に触れて余韻に浸ってしまった。

　オリヴェルはくすりと微かな笑い声を漏らすと、メロウの顎に指を添えた。顔を上向けられ、再び視線が交わる。

「もう少しだけ触れてもいいか……？」

　艶めいた声で尋ねられれば、嫌だなんて言えるはずがない。羞恥よりも期待が勝《まさ》って、メロウはオリヴェルの胸に縋《すが》った。もっと欲しい、という気持ちが正しく伝わったかは定かでないが、すぐさま戻ってきた唇がメロウのそれを奪う。

　二度目のキスは先ほどよりも随分と大胆だった。上下の唇で挟み込むように食《は》み、顔の傾き具合を変えてさらに深く触れ合わせる。唇の隙間を舌先でなぞられて濡れた感触に驚いたものの、メロウはすぐにその刺激に夢中になった。

（唇をくすぐられるのって気持ちいいんだ……）

　初めて知る淡い快感に、メロウは促されるまま唇を薄く開いた。待ち侘《わ》びていたとばかりにオリヴェルの舌が口腔《こうこう》に入り込んでくる。先端で舌の根元をつつかれ、メロウはぴくっと羊耳を震わせた。

　躊躇いがちに自らも舌を伸ばせば、あっという間にオリヴェルに絡め取られる。全体をねっとりと舐められ、じんっ……と舌に痺れが走った。舌だけでは済まず、体の中心にまで熱が点《とも》る。

「んぅっ……」

　唇の合わせ目から鼻にかかった声が漏れ、その響きにメロウは一拍遅れて赤面した。自分がこんな声を出すなんて信じられない。けれどオリヴェルは気を良くしたらしく、メロウの腰に腕を回してより体を密着させる。そのまま背中を扉に押しつけられる体勢になった。

逃げ場を奪われ、絶え間なく口の中を愛撫《あいぶ》されて、体の芯がぐずぐずに蕩《とろ》けていく。どうやって呼吸をしたらいいのか分からず、息苦しさに喘《あえ》ぐと、唇の間にわずかに隙間ができた。

「はあっ……はぁ……、んっ、……んぅ……」

メロウは慌てて息を吸って肩を上下させるが、オリヴェルが頃合いを見計らってまた唇を奪った。目眩がするほど長く深いキスに溺《おぼ》れてしまいそうになる。

腰にあったはずの手がメロウの臀部に伸びてきたのはそのときだった。尻尾の根元をきゅっと摘《つま》まれて、メロウはびくっと身を跳ねさせる。

「ぁ、だめ、オリヴェルさんっ……んッ、ふぅ」

咄嗟に唇を離して抗議するが、勝手は許さないとばかりにオリヴェルがすぐに口を塞ぎ直した。後頭部に添えた左手で顔の位置を固定され、逃げ場を奪われる。舌がぬるぬると口腔を出入りする中、不埒《ふらち》な右手がメロウの尻尾に悪戯をしかけた。

短い尻尾を指の間に挟んで根元を擦《こす》られ、ついでに尻を撫でられると、終わりの見えないキスも相まって腰が砕けてしまいそうになる。

（あ、これ、まずい……っ）

切ない疼きが下肢に集まり、メロウは慌てて膝を閉じようとした。けれどそれより先にオリヴェルに脚を割り入れられ、太股でぐっと中心を押し上げられる。

「あっ！」

兆し始めた欲望を刺激され、メロウは堪らず嬌声をあげた。その反応に、長く唇を貪《むさぼ》っていたオリヴェルがようやく顔を離す。

ふーっ……と熱を帯びた息を吐いたオリヴェルは、額にうっすら汗を浮かべていた。鬱陶しげに前髪を掻き上げる仕草にメロウははっとした。

「せっかく『オリヴェル』が耐えてたのに、お前があんまり可愛く鳴くから人格が交替しちまっただろうが」

メロウを見下ろす目はギラギラと妖しく輝いていて、隠しきれない欲望が宿っていた。唾液で汚れた唇を舌で舐める姿が堪らなく色っぽい。

第二人格のオリヴェルはメロウの腰をつかむと、軽々と抱え上げて部屋の奥へ進んだ。荷物を運ぶような様子だったのに、思いがけず丁寧な動作でベッドに転がされる。

なにがなんだか分からないまま仰向《あおむ》けになるメロウに、乱雑に靴を脱ぎ捨てたオリヴェルがのしかかってきた。間を置かず再び顔を寄せてくるが、先ほどの発言が気にかかっていたメロウは慌ててオリヴェルの胸に手をついた。

「待って。待ってください。僕が鳴くから人格が変わったってどういう意味ですか？」

オリヴェルの人格が切り替わる要因はこれまでずっと謎のままだった。「気持ちが昂ぶると記憶が飛ぶ」という発言から、怒りがスイッチになっているのだと思っていたが、最近の彼を見ているとそれだけではないことが分かる。

　オリヴェルは後頭部を掻きながら、気まずげに視線を外しつつ「あー……」と声を漏らした。

「普段の『オリヴェル』が狼としての本能を拒んでることは、お前も聞いただろ？　俺はあいつが不要だと思って魂の奥底に押し込めたすべてだよ。怒りと、あとは生存本能」

「生存本能？」

「ああ。好きで好きでどうしようもない奴を、全部自分のものにしたい、一つ残らず喰っちまいたいっていう気持ち。……つまりは性的欲求だよ」

　食べたいなどと言われれば草食獣としてギクリとするが、そのあとに続く言葉に、メロウはカーッと顔に熱を上らせた。

（えっと、じゃあ怒ったわけでもないのにオリヴェルさんの人格が変わったのは、僕に興奮してたからってこと……？　絵本に出てくる王子様みたいな、あのキラキラした顔で？）

　メロウが頭から湯気が出そうなほど真っ赤になる中、メロウの手をおもむろに持ち上げたオリヴェルが、指先にそっとキスをした。紳士然とした振る舞いに胸が高鳴るが、赤い舌を覗かせたオリヴェルは、あろうことかメロウの中指を口に含んでしまった。

「ぁ、んっ」

　先ほどまで唇を犯していた舌が、今度はメロウの指を味わい始める。

湿った舌がメロウの細い指に絡みつき、ぴちゃぴちゃと淫靡《いんび》な音を立てた。やわらかい皮膚《ひふ》を鋭い犬歯《けんし》で甘噛みされると、ぞくぞくした痺れがうなじを駆ける。

「今の俺は、あいつが隠したかった欲望そのものだ。『オリヴェル』はずっとお前をこうしたいと思っていた。全身くまなく舐めしゃぶって、俺のものだから誰も触るなってマーキングしちまいたい……ってな」

「ん、んっ……マーキング、ですか？」

興奮で掠れた声が、オリヴェルの歯を伝ってメロウの指に響く。肉食獣の歯が触れているのだから本能的な恐怖を覚えてもおかしくないのに、もしかしたら本当に食べられるかも……と思うと、怯えよりも倒錯的な快楽が脳内に押し寄せる。

不安だ。でも気持ちいい。相反する二つの感情にメロウは揺さぶられていた。

「そうだ。ここに思う存分子種を注いで、俺の匂いをつけてやりたくなる」

口から指を引き抜いたオリヴェルは、両腕でメロウの脚を抱えると、晒された臀部に腰を押しつけた。男同士の性交に使われるという孔《あな》に雄を擦りつけられる。衣服越しに伝わるオリヴェルの昂ぶりに、メロウの心臓が跳ね上がった。

（オリヴェルさん、僕のこと抱きたいんだ……）

肉食獣と比べれば幼げな顔立ちではあるが、メロウだって成人して二年も経つ身だ。結婚した男女がどうやって子作りをするのかくらい分かっている。

けれどオリヴェルへの恋心を自覚したあとも、彼と抱き合う姿は、正直に言えば想像したことがなかった。自分に接するときのオリヴェルは性愛よりも深い慈しみを滲ませていたので、そういう欲求を向けられるのはまだ先なのだろうと考えていた。

(でも、本当は僕にどんな風に触りたいかを、一生懸命隠していただけだったんだな)

そう思うと、戸惑いよりも純粋な喜びが湧き上がった。労ってもらえるのは嬉しい。けれど、求めてもらえるのはもっと嬉しい。恋もキスもオリヴェルに初めて教えてもらって、旺盛な探究心はさらにその先を知りたがっている。

唾液に濡れたメロウの指に自分の指を絡め、オリヴェルが顔の横に手を押しつけてきた。

「メロウ。お前のことが、俺は可愛くて仕方ない」

劣情に濡れた瞳でまっすぐに見つめられたら、ただでさえ熱が集まる中心がますます欲望を募らせてしまう。再び降ってきたキスを受け止め、メロウはされるがままオリヴェルに身を任せた。

唇を吸い、噛みつくように味わいながら、オリヴェルは衣服の上からメロウの体をまさぐった。大きな手のひらが腰を撫で、肩のラインをたどり、背中を這い回る。性行為の経験がないメロウは、オリヴェルの腕の中で悩ましげに身を捩《よじ》るばかりだ。

メロウのこめかみに口付けながら、オリヴェルが体の前に手を回してきた。ベストの前を開くと、シャツ越しに腹に触れる。大きな手のひらはゆっくりとメロウの体を這い上っていき、やがて胸にたどり着いた。

女性のような膨らみがあるわけでもなく、男性的な筋肉美を持っているとも言いがたい、平らで面白みのない胸。そこをオリヴェルは丹念に撫で回した。くすぐったいのに、手のひらの熱さを布越しに感じると妙に興奮もする。

「な……んで、そこ、触るんですか……？」

「お前がむずがゆそうに身を捩ってんの、可愛いから」

「……今日、いっぱい『可愛い』って言いますね」

「普段の『オリヴェル』はよく言うだろ？」

そうなのだが、少々口が悪くて素っ気ない第二人格に言われると、普段とのギャップがあるだけに余計にドキドキする。主人格のオリヴェルが持つ誠実さと強引さのギャップに加えて、第二人格にまでギャップを感じさせられたら、ときめきが倍増してしまって心臓がもたない。

火照った頬をシーツに押しつけて熱を逃がしていたメロウは、胸の先端をシャツの上から摘まれた途端、「あっ……」と上擦った声を漏らした。

慌てて両手で口を塞ぐが、この耳聡《みみざと》い狼は聞き逃さなかったらしい。楽しげに口角を上げると、指の腹でそこを転がし始めた。

「やだ、そこ……っ」

「やだ？　感じるの間違いだろ？」

上機嫌に軽口を叩くと、オリヴェルはメロウのシャツに手を伸ばした。ボタンに手をかけるが、少しばかり悩む素振りを見せたのち、上から二つ目と三つ目のみを外す。

ボタンを外した部分のみを左右に割り開いたオリヴェルは、メロウの着衣をほとんど乱さないまま小さな乳首を露出させた。刺激を受けた乳首はつんと尖《とが》り、その淫猥《いんわい》な光景にメロウは頬を燃やす。

オリヴェルは人差し指と親指で突起を囲む輪ごと摘まむと、指の腹でくにくにと捏《こ》ね回した。押しつぶすように爪を立てられ、ちりっとした痛みを持ったところを、今度は唇で挟み込む。

濡れた舌で舐め上げられると、否定しようがないほど感じた。胸に与えられる甘い快感は下腹部を疼かせる要因となって、メロウの無垢な体を苛む。

「あっ、……ゃ、あん……っ」

子供が床に性器を擦りつけて自慰《じい》をするように、メロウは浮かせた腰をオリヴェルの腹に押しつけた。手の甲を目許に当てて、恍惚の表情を浮かべてしまう顔を懸命に隠す。

「腰が揺れてんぞ。やらしいことなんか一つも知りません……みたいな顔をしてるくせに、気持ちいいことを覚えたらすぐぐずぐずになっちまうんだな」

メロウの痴態をからかいながら、オリヴェルは目許に置いた手に唇を寄せた。ちゅ、と音を立てて手のひらにキスをし、スラックスを押し上げるメロウの性器を指先でつうっとなぞった。

「あっ、そこ……ッ」

「すっかり熱くなってんな。……今楽にしてやる」

そう言うと、オリヴェルはメロウのスラックスに指をかけて手早く前をくつろげた。下着に手を差し入れられ、中心を直接握り込まれると、熱に浮かされていたメロウもさすがに焦りを覚える。

「だめ、だめです、そんなとこ触ったら……」

「自分でもするだろ？　それと同じだよ。ちゃんと気持ち良くしてやるから」

目尻や頬に口付けてメロウを宥めながら、オリヴェルは性器を手のひら全体で扱《しご》き始めた。指で作った輪で敏感な雁首《かりくび》を擦られると、すでに上向いていたそこはあっという間に透明な蜜を垂らす。幾度となくオリヴェルに読み聞かせをしたベッドの上に、にちゅにちゅと粘着質な音が響いた。

確かに自分で処理はするが、実家では一人になれる時間も少なかったし、ファラベルバルに来てからは眠り屋の経営を安定させるのに手いっぱいで、積極的には触ってこなかった。

だから余計に、他人の――好きな人の手で与えられる快感に抑えが利かなかった。

「あっ、だめ……ッ、出ちゃう、からぁ……」

オリヴェルのジャケットに縋りつき、メロウは背中を反らして身悶えた。このままでは手を汚してしまうのに、オリヴェルは手淫をやめるどころか、悪戯をするかのように鈴口を指の腹で擦る。

「このまま出せよ。お前がイくとこ、俺に見せろ」

目を細めて見下ろすオリヴェルの物言いは乱暴で、けれどその命令形の台詞に興奮もした。メロウを最優先にする普段のオリヴェルは、穏やかな微笑みの下に己の欲求を押し込めてしまうから。

追い上げるように手の動きを速められ、昂ぶった茎を激しく扱かれて、体の奥底に沈殿していた快楽が一気に中心を駆け上がった。衣服を濡らさないようにと、オリヴェルはメロウのシャツを臍《へそ》の上まで捲り上げる。

「出る、出るぅ……っ、あ、ぁ…………っ！」

頭の中が桃色に染まり、メロウはビクビクと腰を震わせてオリヴェルの手の中に射精した。指の間から溢れ出た白濁が腹の上にぽたぽたと落ちる。

絶頂の余韻で息を乱すメロウに、オリヴェルが覆い被さってきてキスを降らせる。

「はぁ……ッ、お前可愛すぎ。……初めてなのに加減してやれなくなりそうだ」

オリヴェルは苦しげに眉を寄せると、メロウのスラックスと下着をぐいっと引き下ろした。白い太股が露わになる中、一度熱を吐き出したために多少なりとも冷静さが戻ってきた頭で、メロウはたった今オリヴェルが口にした台詞を繰り返した。

（初めて……、……そっか。僕、オリヴェルさんとこういうことするの、初めてなんだ）

当たり前の事実が妙に胸に引っかかった。どうしてだろう……と自問し、きっと今夜の出来事も主人格の記憶には残らないからだと気づく。

人格の交替によって記憶の欠落が起こることに、主人格のオリヴェルは不安を覚えていた。自分の知らぬところで、他の獣人を怯えさせているのではないかと、夜も眠れなくなるほど悩んでいた。

メロウに関する記憶はすべて覚えていたいのにと漏らす、切なげな顔がまぶたの裏によみがえる。

（僕にとっては、いつもの優しいオリヴェルさんも、強気なもう一人のオリヴェルさんも同じ獣人だ。でも主人格のオリヴェルさんにとっては、第二の人格は隠しておきたい存在ってことでしょ……？

自分が知らないうちに、僕がもう一人のオリヴェルさんに抱かれたって知ったらどう思うんだ……？）

そもそも性欲を覚えるたびに人格が変わるのでは、主人格はメロウとこの先もずっと体の関係を持たないことになるのではないか。自分は永遠に、オリヴェルに触れられている事実を、オリヴェル自身に隠し続けていくのか……？

メロウが呆然とする中、首筋に顔を埋めたオリヴェルは、皮膚を吸いながらメロウのクロスタイを外した。もどかしげに自らもジャケットを脱ぎ捨て、襟元に指を差し入れてアスコットタイを乱す。

再びのしかかってきたオリヴェルの胸に、メロウは咄嗟に手をついた。

「オ、オリヴェルさん。やっぱり今夜はやめておきませんか？」

引きつった笑顔でメロウはなんとかオリヴェルを制止しようとした。このまま第二の人格と行為に及んだら、きっと自分は主人格のオリヴェルを裏切ったような罪悪感を覚えるはずだ。

（じゃあどうすればいいのかなんて、そんなの分かんないけど……）

気持ちが定まっていないせいで、言動に切実さがともなわず、メロウがただ気まぐれを起こしたかのような空気になる。案の定、オリヴェルは訳が分からないといった様子で不服そうに片眉を上げた。

「ああ？　お前、自分だけ気持ち良くイっておいて……」

呆れ顔のオリヴェルに対し、メロウはうまく事情を説明できなかった。主人格の気持ちを優先したいからあなたに抱かれるわけにはいかない……などと告げたら、第二の人格を傷つけてしまう。

まごつくメロウの様子からただ怖じ気づいただけだと判断したらしく、オリヴェルがシャツの裾から手を差し入れてきた。メロウは慌てて押し返そうとするが、種族の違いによる体格差のせいでオリヴェルの体はびくともしない。

（え、えっ、まずい。このままじゃまずいって！）

　行為を止めるための口実は思い浮かばず、力ずくで引き剥がすこともできず、メロウはパニックに陥った。早くやめさせなくてはという一心で、メロウは渾身の力を込めてオリヴェルを突き飛ばす。

「やめてください！」

　焦りのあまり自分でもぎょっとするほど大きな声が出た。不意を衝かれ、バランスを崩したオリヴェルがベッドに尻をつく。メロウに激しく拒絶され、オリヴェルは動揺を露わにして目を見開いた。

　その瞳に、みるみるうちに困惑の色が浮かぶ。

「……メロウ……？」

　唖然《あぜん》とした表情のオリヴェルは、青ざめた顔で声を震わせた。つい今し方までメロウに迫っていた彼とは明らかに様子が異なる。まさか、とメロウは弾かれたように上体を起こした。

　ベッドに座り込んだオリヴェルの、銀色の前髪が、さらりと目許にこぼれる。

「嘘、だろう……？　私が君を、こんな目に遭《あ》わせたというのか……？」

　数秒前の自分の行動をまるで把握していないような発言に、メロウはひゅっと息を飲み込んだ。

　間違いない。オリヴェルは主人格に戻っているのだ。

衣服を乱し、腹を体液で汚した姿では、勘違いだなどと誤魔化せるはずもなかった。メロウもまた血の気が引いた顔でオリヴェルを見つめる。二人の間に漂っていた空気はすっかり熱を失っていた。

万が一メロウを傷つけたときは自分を突き飛ばして逃げてくれと、夜の庭園でオリヴェルは語った。

そんな状況になどなるはずがないと思っていたのに、奇《く》しくも言葉どおりの展開になってしまったと、メロウは冷たい汗を背中に伝わせながらはっきりと実感していた。


広い応接間に、カチ、カチ、と時計の音が響く。身なりを整え、カウチに腰かけたメロウは、すぐ目の前にあるローテーブルを固い面持ちで見つめた。同じカウチにはイェリクが、正面にはオリヴェルが座っていて、どちらもメロウと同様に表情をこわばらせている。

いまだかつて感じたことがないほどの重たい空気が、三人の肩にのしかかっていた。

「つまり……、私が記憶を失っている間は、その第二の人格とやらが表に出て好き勝手に振る舞っていた、と……そういうことか？　私が八歳のときからずっと？」

今し方イェリクが話して聞かせた話の内容を、オリヴェルは口に出して確認した。とても信じられないと言いたげな様子だが、事実は変えられない。

「……そのとおりにございます」

メロウの隣に座るイェリクが神妙な面持ちで頷いた。彼は決して悪ふざけをするような性格ではないと、幼少期からの付き合いのオリヴェルが誰よりも分かっているだろう。オリヴェルは太股に肘をついた体勢でぐしゃりと前髪を乱し、長い溜め息をついて深くうなだれた。

主人格に戻った際の状況から、オリヴェルは自分が強引にメロウを組み敷いたのだと勘違いしていた。最中の記憶がないだけに、合意のうえだとメロウがいくら主張しても信じてもらえず、やむなくすべての事情を説明することにしたのだ。オリヴェルの内側に生まれた、第二の人格について。

再び口を閉ざしたオリヴェルは、長い間なにもしゃべらなかった。メロウとイェリクも不用意な発言はできず、背筋を伸ばしたまま唇を結び、重苦しい静寂にじっと耐える。

気が遠くなるほどの沈黙の末に、オリヴェルはゆっくりと顔を上げた。

「とにかく、事情は分かった。信じたくない気持ちがあったとしても、それが事実なら受け入れるほかはない」

固い口調で告げたオリヴェルは、太股の間で手を組み、床に視線を落としたまま続ける。

「だが、今後の己の身の振り方についてはもう少し時間をかけて考えたい。特に……、メロウ。君とはしばらく距離を置かせてほしい」

その言葉に、メロウは咄嗟になにも言い返せなかった。前触れなく頬を張られるような激しい衝撃に、ただただ呆然とするしかない。思考が完全に停止していて、返すべき言葉が一つも浮かんでこないのだ。

「メロウだけは絶対に傷つけないと誓ったのに、結局、私は自分の意識が届かないところで君に無体を働いていた」

呆然とするメロウに目もくれないまま、オリヴェルは沈んだ声で語った。「だからそれは……っ」とメロウはやっと反論しようとするが、オリヴェルは力なく首を横に振る。

「決して無理矢理ではないと、メロウは言ってくれたな。分かっている。メロウの言葉を信じている。私が信じられないのは自分自身だ」

淡々と話しながら微かに口角を上げたオリヴェルの、その笑みがとても苦しく、つらそうで、メロウは開きかけた口を噤む。イェリクもまた、悲痛な面持ちで主の決断を見守っていた。

「ハンナの一件のあと、私はこれからはなに一つ間違いたくないと思ったんだ。だから徹底して己を律し、野蛮な狼としての一面を封じ込めようと決めた。……決めたのに、結局それは自己満足に過ぎず、私はただ周囲に守られているだけだった。これほど自分が情けなく、恥ずかしいことはない」

太陽のように輝いていたオリヴェルの瞳は暗く淀んでいて、そこからは一切の光も見出せなかった。

そんなことはないと否定して、今すぐ彼を抱きしめたい。けれど他ならぬオリヴェルに拒まれていては、メロウはカウチから立ち上がることすらできないのだ。二人の間に置かれたローテーブルが、越えられない壁となって立ち塞がるようだった。

太股に手を置いて暴走しそうな気持ちを抑え、メロウはざっくりと胸を裂かれるような痛みに耐えた。眉を下げ、唇をきつく嚙みしめるメロウに、オリヴェルがようやく視線を向ける。

「こんなことになってしまったが、メロウを大切に思う気持ちは変わらない。だからこそ私から離れてほしい。……私という狼から君を守りたいんだ」

力なく微笑むオリヴェルに対し、メロウは反論する術《すべ》を持たなかった。オオカミ族に対し、ヒツジ族はあまりにも非力だ。せめてシカ族のイェリクのように力強くて立派な角があれば、ウマ族のラーシュのように強靭《きょうじん》な脚力を持っていれば、「自分の身くらい自分で守れます」と言い返せたかもしれない。

だがオリヴェルにとってのメロウは、我を失った狼に呆気なく食べられてしまいそうな存在なのだ。

（オリヴェルさんと一緒にいたい。……でも、そんなこと言えない）

自分がそばにいたところで、なに一つオリヴェルの役には立てない。記憶を欠落させないことも、第二の人格は決して悪ではないのだと証明することもできない。それどころか、「知らないうちにまたメロウを傷つけるのではないか」という不安をオリヴェルに与え、心労の原因を作ってしまう。

己の無力さをこれほど悔しく思ったことはなかった。太股の上で拳を握り、メロウは言葉もなく睫毛を震わせる。

「……なにかしら気持ちの整理をつけられたら、そのときは私から連絡するよ」

そう言って話を締めくくり、オリヴェルはイェリクに「メロウを自宅まで送り届けてくれ」と声をかけた。おもむろに腰を上げると、メロウの横を通り抜けて扉に向かう。

（待って。待ってよ。……オリヴェルさんに会えるの、これが最後じゃないよね……？）

不穏な考えが頭を過った瞬間、メロウはいつにない俊敏さで立ち上がり、銀色の尻尾を垂らす後ろ姿に向けて声を張り上げていた。

「本能を剝き出しにしたあなただって、僕は大好きだった！」

扉に手をかけた状態で、オリヴェルが動きを止めた。

「オリヴェルさんが怒るのは、いつも誰かを守るためでした。僕を自分のものにしたいと思ったときにも人格が変わるんだと知って、僕はただ嬉しいばかりだった。恐ろしいなんて思ってない！」

切々と響くメロウの言葉に、オリヴェルは背中を向けたまま耳を傾けていた。カウチに腰かけたまま、イェリクも静かにメロウを見守っている。

胸の内で荒れ狂う感情をそのまま声に出したら、喉がヒリヒリと熱を持った。鼻にツンと痛みが走り、じわじわと涙が込み上げるのが分かったが、眉間に力を込めて、こぼれそうになるのを懸命に堪える。

今このまま応接間を出て行かれたら、オリヴェルに思いを伝える機会は二度とないかもしれない。だからこそ、どんなに無様だろうと、うまくまとめられなくとも、後悔しないように告げておきたかった。

「僕にとってもう一人のオリヴェルさんも、間違いなくあなた自身だったんです。そう言ったら、第二の人格のオリヴェルさんは『本人には言うなよ』って言ってたけど……それって、あなたを心配してるからでしょう？」

主人格に否定され続けながらも、主人格の気持ちを誰よりも慮っていた第二人格の優しさは、間違いなくオリヴェル本人に通ずるものがあった。そんな第二人格と出会ったことで、メロウが傷ついたなんて思わないでほしかった。

誠実で穏やかな主人格と、いかにも肉食獣といった気の強さを持つ第二人格。オリヴェルという男をよく知らなかったときは、そんな二つの人格について、「一体どちらが本当の彼なのだろう」とメロウは頭を悩ませた。

けれど今ならば分かる。どちらの人格も、オリヴェルを形作るうえで欠かせない大切な要素なのだ。優しさや誠実さだけでなく、草食獣への理不尽《りふじん》さについて憤る心もまた、オリヴェルになくてはならないものなのだ。

「イェリクさんも、ラーシュさんも、もう一人のオリヴェルさんも……もちろん僕だって、みんなあなたが大好きなんだ。だからあなたも、狼としての本能も含めたすべての自分を愛してください！」

思いの丈をすべて吐き出したところで、耐えきれずに声が掠れた。メロウが肩を震わせて唇を結ぶ中、石のように固まっていたオリヴェルが無言でドアノブに手を伸ばす。決してメロウを振り返ることなく、オリヴェルは応接間をあとにした。

パタンと扉が閉まると、全身にピンと張っていた糸が切れたかのように脱力して、大きな目からぽろっと涙がこぼれた。顔を歪め静かに泣くメロウの横に、イェリクが並ぶ。

そっと背中をさする手は、涼しげな風貌に似合わず温かかった。

「この屋敷に出入りするようになって、随分強くなりましたね」

感慨深げなイェリクの言葉に、そのとおりだ、とメロウは思った。オリヴェルはメロウを「強いひとだ」と言ったが、彼と出会うまでの自分は良い子であろうと努めるばかりで、誰にも弱さを見せられない臆病者だった。

（あなたと出会ったから、僕は強くなろうと思えたんだよ）

だからどうかあなたも、受け入れがたい自分から目を背《そむ》けないでほしいと、メロウは熱い雫で頬を濡らしながら胸の中で願った。

ラーシュの馬車で眠り屋に送られてからのメロウは、まるで病み上がりのような、ぼんやりと暮らすばかりの毎日だった。

朝は遅めの時間に起き、午後から店を開いて相談者がやってくるのを待つ。昼寝の予約が入っているときは依頼主の家を訪ね、十八時に閉店してシャワーを済ませたのち、二十時以降のメイン業務の時間を迎える。すべての依頼主に魔法をかけ終わるのは日付が変わる頃だ。

日々のルーティンを黙々とこなしながらも、オリヴェルとの再会の目処《めど》が立っていない現状に焦燥が募っていく。気持ちの整理というものはいつになったらつくのだろうか。このまま絶望に打ちひしがれ、完全に心を閉ざしてしまうのではないか……。

悪い想像ばかりがメロウを苛み、食欲が湧かず睡眠が浅くなった。眠り屋の仕事が軌道に乗ったため生活は安定していたが、またオニオングラタンスープしか食べない生活に逆戻りだ。

そんなメロウのもとに一通の手紙が届いたのは、最後にオリヴェルの屋敷に行ってから十日が過ぎた頃だった。山羊の郵便屋が手渡した封筒にはオリヴェル・バリエンフェルトの名前が書かれていて、メロウは逸《はや》る気持ちのまま封を切る。

『親愛なるメロウへ』――その見出しから始まった手紙は、次のような内容だった。

自分の中で否定し続けた一面を、知らぬまま大切に思うメロウに見せていたことに、大きなショックを受けたこと。それでも時間とともに混乱が落ち着き始めると、イェリクやラーシュといった親しい獣人や第二の人格が、自分を守るために口を噤み続けた事実に思いを向けるようになったこと。

そのきっかけが、メロウの「本能を剝き出しにしたあなたも大好きだった」という発言だと、オリヴェルは教えてくれた。他ならぬメロウの言葉だから、真剣に耳を傾けようと思えたのだ、と。

『弱い自分を消し去ることが強さに繋がると信じていた。しかしその考えこそが未熟だったのだと気づいてからは、己の中に存在するもう一人の自分……私が目を背けていた狼としての本能と、対話を試みるようになった』

そう綴《つづ》ったオリヴェルは、同時に、自分が本当に取り組むべきことはなんだろうかと考えるようになった。

『草食獣と肉食獣が手を取り合って生きる社会を実現するため、草食獣の地位を向上させる活動を本格的に始動しなくてはならない。その第一歩として、草食獣画家の作品の芸術的価値を引き上げるため、彼らの作品に対しての再評価を美術商協会へ申し出た』

とはいえ、長らく「肉食獣画家の作品こそが至高」という考えに捕らわれていた美術商協会だ。オリヴェルの提案はろくに議論もされず一笑に付された。

けれど何度鼻先であしらわれようとも諦めるつもりは毛頭ないと、手紙の中でオリヴェルは語っていた。

『草食獣が生み出す芸術を認めるべき理由を徹底的に突きつけ、種族によって作品評価を変えることの愚かさを美術商協会に気づかせてみせる。以前も話したとおり、草食獣画家の作品が肉食獣に認められれば、それは社会全体が変化する大きなきっかけになるはずだ』

綴られた情熱的な文面から、オリヴェルの力強い決意がひしひしと伝わってくる。そんな手紙の最後は、メロウへの約束で締めくくられていた。

『だからどうか待っていてほしい。会うたびに強く、たくましくなっていったメロウの隣で、私も胸を張っていられる存在でありたい。メロウに相応《ふさわ》しい男になれたと思えたら、そのときは必ず君を迎えにいく。君の親しい友人として、信頼する相棒として、そして、誰よりも深く愛する恋人として』

インクの香りが漂う白い便箋《びんせん》をそっと折りたたむと、メロウはそれを胸に押し当てた。込み上げる熱をどこへ向ければいいのか分からず、手紙を持ったまま階段をバタバタ駆け上がる。

居住スペースである二階へたどり着いたメロウは、寝室の扉を開けベッドに飛び込んだ。枕元に座っている狼のぬいぐるみをぎゅっと抱きしめる。

「オリヴェルさん、ちゃんと信じてくれたよ。僕のことも、自分自身のことも」

仰向けに転がったメロウは、そっと持ち上げたぬいぐるみに泣き笑いの顔で語りかけた。胸が震えるほどの幸福を覚えるのに、感動と昂揚で自然と目が潤《うる》んでしまうのだ。そんなメロウを、物言わぬ狼は金色の目で静かに見守っていた。

自分のようなちっぽけで平凡な羊に、なにか変えられるものはあるのかと不安だった。それでもオリヴェルを想う心は、まっすぐに彼へと届いた。オリヴェルが変わるきっかけになってくれた。

今度は自分が立ち上がる番だと、メロウは胸いっぱいに息を吸い込む。土砂《どしゃ》降りの雨によって世界を覆っていた泥が溶け出し、停滞していた時間が動き出すようだと思った。

（僕もしっかりしなくちゃ。オリヴェルさんを想って僕も成長したんだって、再会したときに笑顔で報告できるように）

それからのメロウはきちんと栄養のあるものを食べ、ベッドでゆっくり休んで、乱れていた生活を立て直した。はつらつと働くメロウに近隣住民も声をかけてくれて、様々な話をするようになった。

そこで耳にしたのは、伯爵の三男であるオリヴェルへの評価が、草食獣の間で急上昇していることだった。

「放蕩息子だと言われていた三男が、美術商協会の評価基準の不透明さを暴露する記事を新聞に寄稿していたんだ。そこでコアラ族のブルーノ・マルメルの新作を絶賛しているそうだぞ」

「えっ、よくそんな記事が載ったな⁉　新聞社なんか肉食獣にとって都合の良い記事しか載せないだろうに」

「かつて三男が伯爵家から追い出された草食獣従者に、新聞社での仕事を紹介していたらしいんだよ。その草食獣の仕事ぶりは社内できちんと評価されていて、だからこそ決して草食獣に光を当てようとしない経営者に不満を抱いていた。伯爵の子息からの寄稿文なら載せないわけにはいかない、という建前の社内クーデターさ」

「記事には、種族によって作品評価が変わる現状に、実の父であるグスタフの圧力があることも書かれていたらしい。グスタフはすぐに記事を否定する文書を出したらしいが、息子による反逆にそりゃあもう立腹したそうだよ」

自分たちは虐《しいた》げられる立場にいるんだ、と卑屈な姿勢で生きてきた草食獣たちに、味方となってくれる肉食獣の存在はこの上ない勇気を与えてくれた。

さらに時を同じくして、以前オリヴェルが話していた中央地区と東地区を結ぶ乗合馬車の路線が誕生し、時折ではあるが肉食獣が東地区を歩く姿が目撃され始めた。

「ブタ族のヤーコプの食堂に、大柄なシロクマ族の男が来店したらしくてな。そりゃもう客も店主も恐れおののいたらしいんだが、その男は店の隅で縮こまって、品良くナイフとフォークを使いながら大量の料理をぺろりと平らげたそうだ」

「ああ、その話なら俺も聞いた！『おいしいので仲間にも食べさせたいのだが、持ち帰ることはできないだろうか』と照れくさそうにヤーコプに声をかけたらしい。開店以来最高額の売上げをたたき出したとヤーコプが大喜びしていた」

「それもこれも、伯爵の三男が中央地区と東地区を結ぶ乗合馬車を作ったことが発端だろう？　肉食獣は横柄《おうへい》な奴ばかりだと思っていたから、こうやって草食獣を評価してくれる獣人が現れるなんて思ってもみなかったな」

　オリヴェルの名は瞬く間に東西南北の地区に広がり、草食獣擁護派の貴族として注目を集めた。記者を同席させた美術商協会との討論会では、白熱した議論を繰り広げたと新聞に書かれていた。第二の人格が怒声を上げてはいないだろうか、とメロウは気を揉《も》んだが、オリヴェルの弁舌は情熱的でありながら冷静で的確だったと高く評価されていた。

　近隣住民の話や新聞記事によってオリヴェルの活躍を知るたび、誇らしさとともに会いたい気持ちが募っていく。金色の目にたっぷりと慈愛を込めた、あの優しい眼差しを向けてほしい。たくましい腕で抱きしめて、「ただいま、メロウ」と囁いてほしい。

　恋い焦《こ》がれて胸が軋む夜は、メロウは新しい魔法を覚えることに注力した。たとえどんな苦しみがオリヴェルを襲ったとしても、自分と一緒にいる間はゆっくりと心身を休められるように。

（オリヴェルさんの顔が見たい。声が聞きたい）

　狼のぬいぐるみを抱いてベッドに入りながら、毎晩そんなことを考えた。けれどオリヴェルが自分自身を変えるために邁進《まいしん》しているのなら、メロウの我が儘で水を差すような真似はできなかった。

　彼を想う切なさに胸を締めつけられながら、愛しいひととの頑張りを心の支えに眠り屋として依頼主に向き合い、いつしかオリヴェルと距離を置いて一ヵ月が経とうとしていた。

　その頃には、メロウも乗合馬車を利用して中央地区に向かう機会が増えていた。以前、眠り屋を利用したいと声をかけてきたチーター族の男性が、定期依頼の予約を入れてくれたのだ。

「いやー、あんたの魔法は最高だよ！　大きな仕事が控えた前夜は緊張で寝つけなかったんだが、前回は魔法のおかげでぐっすり眠れて、絶好調の状態で当日を迎えることができた。一緒にもらったハーブティーも飲みやすくて、あんたが来ない日もあのお茶を飲むと気持ちが落ち着いてくれる」

　貿易商をしているチーター族のケネトは、メロウが彼の屋敷を訪問した際、嬉々としてその効果を語った。依頼主の喜ぶ顔を見るとメロウも胸が躍り、一時的ではあるがオリヴェルに会えない寂しさを忘れることができた。

「お役に立てて光栄です。また同じものをお渡ししましょうか？　眠気を誘う以外にも、仕事の合間に気持ちをリフレッシュさせるためのブレンドもお作りできますよ」

　豪奢な応接間で、メロウはソファの上でトランクケースを広げ、小瓶に入れたリーフをローテーブルに並べる。正面の椅子に座り、ハーブの説明に熱心に耳を傾けていたケネトは、ふと思い出したように「そういえば」と口を開いた。

「あんた、今話題のオリヴェル様のお抱え魔法使いだったよな？」

　思いがけないところからオリヴェルの名前が飛び出し、メロウは視線を泳がせた。依頼主の情報は基本的に他言しないが、彼にはオリヴェル本人が「自分も利用している」と話している。迷いはしたが、メロウは素直に頷いた。

「はい。以前、利用していただいてました」

「以前？　今はあんたの魔法なしで眠ってるってことか？　これだけ注目を集めてるなら夜もなかなか緊張が解けなさそうだが」

「あ……、そ、そう、ですよね。……大丈夫かな……」

　ケネトの言うことはもっともだ。一つ一つの言動を衆人に監視されるような日々を過ごしていては、オリヴェルの精神的負荷はさぞ強くなっていることだろう。

　体調に支障はないのだろうか。ろくに睡眠も取れず、また青白い顔で働いているのではないか。自分を追いつめて頑張りすぎてしまうひとだと分かっていたはずなのに、華やかな面にばかり気を取られ、オリヴェルが抱いているはずの苦労に気づけなかった自分が情けなかった。

　あからさまにうろたえるメロウに、なにか事情があるようだとケネトは察したらしい。しばし沈黙したのち、太股に手を置いて前のめりな姿勢で口を開く。

「会いに行ってみればいいんじゃないか？　オリヴェル様はあんたを信頼している様子だった。あんたの顔を見られれば、きっとあのひとにとっても励みになるはずさ」

　メロウだってそうしたいのはやまやまだ。けれどオリヴェルの邪魔をしたくないという思いが一歩踏み出すことを躊躇わせる。

「迎えにいく……と、言ってくれたんです。だから僕はオリヴェルさんを信じて待たなきゃ」

　自信満々に言葉を返すことはできなかった。オリヴェルの手紙には具体的な期限は書かれていない。

草食獣のために尽力すればするほどオリヴェルは多忙になり、メロウとの再会が後回しになってしまう可能性もあり得なくはなかった。

表情を曇らせるメロウを、ケネトはじっと見つめる。顎に手を添えて「ふむ」と首を傾げると、従者を呼んでなにやら指示を出し始めた。

しばらくしてメロウの前に、パンや焼き菓子といった様々な種類の軽食が用意された。

「えっ、あの、これ」

「たーんと食え！　食い切れなかったら包んでやるから持ち帰れ。ほっそい体しやがって、そんなんだからあれこれ余計なことを考えて気弱になるんだ」

腹が膨れればくよくよ悩むこともなくなる、とケネトは豪語する。メロウは深刻な顔をしていたことも忘れて「そんな強引な……」と笑ってしまった。肉食獣は豪胆な気質を持つというのはやはり間違いではないらしい。

けれど表面的にでも笑みを浮かべたら、確かにほんの少し心が軽くなった。そんなメロウの心境の変化を鋭く見抜いたらしく、ケネトは力強い眼差しを寄越して口角を上げる。

「オリヴェル様の隣にいたときのあんたは、華奢な見た目に似合わず結構したたかで、たくましい印象だったぞ。おとなしく言いつけを守る良い子ちゃんでいることが本当に正解なのか？　下手に行動したら事態が悪いほうへ転がるんじゃないかと、臆病になってるんじゃないか？」

心の奥底を見透かされるような言葉にメロウはドキッとした。けれど発破をかけられたことで、すっかり消沈していた闘志がむくむくと首をもたげる。

（そうだ。そんな保守的な羊なら、僕は家族に心配をかけながら一人でファラベルバルに引っ越すなんてこと、絶対にしなかったはずだ）

華々しい活躍の裏で、恐らく父親を始めとする肉食獣からの心ない言葉を浴びているだろうに、オリヴェルはどんどん先に進んでいる。それなのにメロウは手に入れた恋を守るのに必死で、いつしか立ち竦むばかりになっていた。身動きせず、オリヴェルが迎えにきてくれるのをただ黙って待っていた。


大皿に盛り付けられたパンをじっと見つめたメロウは、たっぷりと卵が入ったサンドウィッチを手に取った。大きく口を開けてそれに勢い良くかぶりつく。

両頬を膨らませ、無言で食べ始めたメロウを見て、ケネトが楽しそうに目許を綻ばせた。

「これはまだ秘密の情報なんだがな、一週間後、オリヴェル様が東地区を訪問する予定があるらしい。新聞に載ったコアラ族の新作が、肉食獣の著名なコレクターの目に留まり高値で取引されたんだ。それを記念して急遽東地区で個展を開くことになり、その初日にオリヴェル様が来訪されるそうだ」

内緒だぞ？　とケネトは悪戯っぽく片目をつむった。だからどうしろと、ケネトが具体的な指示を出したわけではない。けれど話を聞いてすぐに、メロウの気持ちは固まっていた。

オリヴェルに会いに行こう、と思った。ただじっと待つだけなんて嫌だ。自分もオリヴェルの役に立ちたい。彼を支えたいのだ。

ケネトが言ったとおり、数日後には東地区でのブルーノ・マルメルの作品が高く評価されたことと、それを祝した個展が開催されるという記事が新聞を賑わせた。草食獣画家を長く応援してきた東地区の獣人たちは歓喜し、オリヴェルの手腕を称《たた》えた。

この一ヵ月で、オリヴェルは草食獣の立場を向上させる救世主として名を馳《は》せるようになっていた。

開催初日、小さな雑貨店を丸ごと借り切って行われたブルーノの個展会場は、様々な獣人たちでごった返していた。来場者の大半は草食獣だが、中には中央地区からやってきた肉食獣の姿もある。普段なら彼らに驚き、怯えるはずの草食獣も、皆一様に嬉しそうな表情を浮かべていた。

そんな中、メロウはいつもの仕事着に身を包み、広場を一人うろうろしていた。

仕事への道中に通りかかった風を装ったのは、やはり少し迷いがあったからだ。オリヴェルはまだメロウに会える段階ではないと考えている可能性もある。「待っていてほしい」という言いつけを守らず彼に会いに行き、困った顔をされたくなかった。

歴史的快挙となった個展に乗じて、広場には様々な出店《でみせ》が並んでいた。空は快晴だが風が強く、屋台とともに街を彩るパラソルがバサバサッと音を立てる。

「オリヴェル様、まだいらっしゃらないのかなあ」

「絵本に出てくる王子様みたいな素敵なひとなんだって！」

メロウのそばを歩く若い女性たちがはしゃいだ声をあげた。今や時のひととなっているオリヴェルは、その麗《うるわ》しい風貌も手伝って異性の人気を多く集めていた。

　彼女たちの言葉にぴくりと羊耳を震わせたメロウは、縋るようにトランクケースを抱きしめる。これだけたくさんの獣人がいれば、オリヴェルは自分に気づかないかもしれない。いや、その可能性のほうが高いはずだ。

（それでもいい。一目でいいからオリヴェルさんに会いたい）

　自分の予想以上の大きさに育っていた気持ちに驚く。おとなしく待っていられないほど、ただ顔を見たいと飛び出してきてしまうほど、メロウの中の大切な部分をオリヴェルが占めていた。

「あっ、あの馬車じゃない？」

　広場の人だかりがワッと沸き立った。メロウも声が示すほうへ顔を向ける。見慣れた草食獣従者たちが警護する中、個展の会場となる雑貨屋の前に一台の馬車が停まった。

　先に降りてきたのは立派な角を持つシカ族の執事だった。続いて姿を見せた獣人に「キャーッ」と黄色い悲鳴があがる。

　広場に降り立った男の姿に、メロウの心臓はドッと跳ね上がった。よく知った相手のはずなのに、一ヵ月ぶりに見たオリヴェルはまるで別人のような輝きを放っていた。

　第二の人格に切り替わったときと同様に、オリヴェルは長い前髪を上げ額を覗かせていた。丈の長いミントグリーンのコートやシャンパンゴールドのベストには華やかな刺繍が施され、ベストと同色のアスコットタイが品の良い艶を放っている。

いかにも貴族といった佇まいのオリヴェルは、彼を見に集まった獣人たちに軽く手を振った。自信に満ち溢れた凜々《りり》しい風貌が甘く崩れる様に、女性たちはより一層高い声をあげる。神秘的な銀色の狼耳と尻尾は彼の美貌をより一層引き立てていた。

一ヵ月前に会ったときの彼とは明らかに異なる、肉食獣としての雄々しさを兼ね備えたその姿から、メロウは口を半開きにしたまま目が離せなくなる。

（主人格の穏やかで優しいオリヴェルさんと、第二の人格の強気で自信に満ちたオリヴェルさんが混ざり合ったみたいだ……）

メロウがドキドキしながらオリヴェルを見つめていると、本日の主役であるブルーノが展示会場から顔を出した。観客に声をかけてはどうかとオリヴェルに勧める。草食獣たちからも歓声があがり、オリヴェルは照れくさそうにはにかみながら首肯した。

「本日は偉大なる芸術家であるブルーノ・マルメル氏の個展にお集まりいただき、誠にありがとうございます」

明朗な調子で話し始めたオリヴェルに、隣に立つ女性が「素敵……」と頬を赤らめた。その堂々とした佇まいと伸びやかな声に、誰もが魅了されている。

それを嬉しく思う反面、オリヴェルが急に手の届かない存在になってしまったように感じられ、メロウは小さく息を吐いた。

（こんなにたくさんの草食獣に愛されてるなら、もう僕の存在なんて必要なくなってたりして……）

ついつい後ろ向きな気持ちが生まれて、メロウの心を暗い場所へ引きずり込もうとする。そんな中、ブルーノの作品の素晴らしさを熱く語ったオリヴェルが、なにかを探すように広場を見回した。

　オリヴェルは一つ咳払いをしたのち、「実は」と切り出した。

「東地区で個展を開こうと決めたのは、私の愛するひとがこの街に住んでいるからなのです」

　突然の告白に、集まっていた獣人たちは騒然とした。「恋人ってことかしら!?」「東地区にいるってことは、相手は草食獣か？」と口々に言い合う。様々な声が飛び交う広場で、メロウだけが呆然と立ち尽くしていた。

　メロウの存在に気づいていない様子のオリヴェルは、微かに目尻を染めて続けた。

「草食獣と肉食獣が手を取り合って生きる社会を実現したいと話した私に、彼は『それなら自分が草食獣側の架け橋になる』と言ってくれました。それまでは漠然《ばくぜん》と夢を抱くだけでしたが、一緒に戦ってくれるひとがいるのなら行動を起こさなくてはと、あの瞬間に腹が据《す》わったのです」

　東地区で個展を開催すれば、自分の活動の成果を知ってもらえるのではないかと思った、とオリヴェルは語った。「完全に私利私欲です」と茶目っ気たっぷりに笑う様に、獣人たちがどっと笑い声をあげる。明日の朝刊の一面は『バリエンフェルト家の子息、草食獣との熱愛を告白』で決まりだろう。

　微笑ましい光景を前にしたような、温かな眼差しがオリヴェルに向けられる中、メロウは胸の奥底から湧き上がる感動に身じろぎ一つできなかった。

（僕のこと、まだ好きでいてくれたんだ。こんなに注目されて、魅力的なひとになってもまだ……）

もう自分になど目を向けてくれないのではと、たとえ一瞬でも卑屈な気持ちになっていた自分をメロウは恥じた。これほど一途《いちず》に自分を想ってくれている彼を疑うなんてどうかしていた。

腹の上で拳を握り、まっすぐにオリヴェルを見つめていると、あの金色の目がふいうちのようにメロウを捕らえて止まった。メロウが息を飲むのと同時に、オリヴェルもまた驚愕に目を見開く。

突然沈黙したオリヴェルに群衆がざわめく中、彼が口の動きだけでメロウの名前を呼んだ。

ゴオッという音とともに、突如として暴風が吹き荒れたのはそのときだった。髪を乱すほどの強い風に咄嗟に目をつむる。「あっ！」という声がどこかであがって、メロウはそっと片目を開けた。

屋台を覆っていた日よけのパラソルの一つが、風に煽《あお》られて宙を舞っていた。そのパラソルは七歳ほどの女の子に向かって飛んでいく。白い獣耳と尻尾を生やした、ウサギ族の子だった。

「危ない！」

誰のものとも分からない悲鳴があがった。パラソルの心棒が石畳にぶつかり、ガツンッと音を立てる。女の子の姿は青色のパラソルの布に覆われていて、メロウからは確認することができない。

広場が静まり返ったのは一瞬だった。一度はやんだかのように思われた暴風が、再び音を立てて襲いかかる。屋台の店主がそれぞれのパラソルを慌ててつかむ中、先ほど飛ばされたパラソルが再び勢い良く宙を舞った。

そのパラソルに、あの女の子が引っかかっていた。心棒自体はギリギリのところで女の子の体を傷つけていなかったが、ワンピースの裾を貫いているために、女の子の体はパラソルとともに舞い上がってしまったのだ。

　母親と見られる女性が咄嗟に手を伸ばしたが、女の子の体はその手をすり抜け、どんどん高く飛んでいく。五階ほどのアパートメントの屋上の、転落防止の柵に引っかかってパラソルは動きを止めた。

「きゃあああっ」

　先ほどまでの楽しげな賑々しさが一転し、広場は大混乱に陥った。

　幸いにも、女の子はパラソルの心棒にしがみつくことで落下を免れていた。けれど小さな女の子の力など長く持つはずがなく、パラソルが破れれば地上に落下してしまう。大惨事が起きるのは時間の問題だった。

「近衛《このえ》兵に救助要請をしろ！」

「鳥族はいないのか!?　子供を乗せて飛べる大型の鳥族は!?」

「駄目だ、ニワトリ族とハト族くらいしか確認できない！　小柄な鳥では、あのくらいの子に足をつかませたら一緒に落下しちまう！」

　獣人たちが騒然とする中、ウサギ族の母親がアパートの下で天に向かって腕を伸ばし、青ざめた顔で子供の名前を呼んでいた。女の子もまた屋上付近からぶら下がったまま、混乱と恐怖で泣き叫ぶ。

　騒ぎに気づいたアパートの五階の住人が窓から女の子に向かって手を伸ばした。しかし不幸にも小柄なネズミ族であったために、腕の長さが足りず届かない。

（なにか……、なにか僕にできることは……っ）

こわばった顔で周囲を見回したメロウは、「わたくしが参ります！」と叫ぶイェリクの声を耳にした。正面に顔を向ければ、雑貨屋の前でオリヴェルがミントグリーンのコートを脱ぎ捨てている。

まさか、とメロウは息を飲み、猛然と彼のもとへ駆け寄った。

「なにやってるの、オリヴェルさん！」

血相を変えて声をかけるメロウに、オリヴェルはこともなげに「あの子を助けにいく」と言った。

「狼の姿になれば、あのネズミ族の男性がいる場所まで出窓を伝っていくことも難しくないはずだ」

「ですから、その役目はわたくしが担いますと申しておりますでしょう！」

「駄目だ、鹿は重心が高すぎる。出窓を飛び移っている最中に風に煽られたらひとたまりもない」

すかさず口を挟んでくるイェリクに間髪を入れず反論して、オリヴェルはアスコットタイを外しシャツの襟元をゆるめた。

ロングブーツを脱いで裸足になる様子に、本気なんだ……とメロウは蒼白な顔で息を飲んだ。慌ててオリヴェルの腕にしがみついたメロウは、駄々をこねる子供のようにかぶりを振った。

「やめてください！　オリヴェルさんまで一緒に落ちたらどうするんですか！」

いくら俊敏なオオカミ族とはいえ、鳥のように翼が生えているわけではない。足を踏み外せば落下してしまうのはオリヴェルも同じだ。最悪の事態を想像すると血の気が引く。

自ら危険な状況に飛び込もうとするオリヴェルを、平気な顔で見送ることなんてできなかった。せっかく再会できたのに、せっかく同じ気持ちでいてくれたと分かったのに、こんなところで悲しい別れなど迎えたくない。

「こっ、近衛兵を待てばいいじゃないですか！　近衛兵には大型の鳥だっているんですから！」

「メロウ……」

　オリヴェルを捕まえる手に力を込め、メロウは声を荒げた。困ったように眉を下げるオリヴェルに構わず必死に言葉を紡ぐ。なんとか彼を思い留まらせるために。

　本当は、近衛兵の到着を待っていられるほど悠長な状況ではないと分かっていた。一刻も早くなにかしらの手を打たなくては、取り返しのつかない事態になる。誰かがあの女の子を助けに行かなくてはならない。けれどその「誰か」がオリヴェルだということを、どうしても受け入れられない。

　私利私欲で動いているのは自分のほうだと思った。目の前で危機に陥っている獣人がいるというのに、彼女を助ける以上にオリヴェルを押し留めたくて仕方なかった。己の情けなさと卑しさで自己嫌悪に陥りながら、それでも愛しいひとを守りたい一心で、メロウはぽろぽろと涙を流す。

「行かないで……っ、お願い、ここにいて！　オリヴェルさんが好き、失いたくない……っ」

　メロウは声を震わせながら心の叫びを必死にしぼり出した。いくら手の甲で拭っても涙は止めどなく溢れてくる。絶え間なくしゃくり上げるせいで胸が苦しい。

　ひどく取り乱しながら必死に反対するメロウを、オリヴェルは唇を結んで静かに見つめていた。メロウの顎に指を添えて掬い上げると、迷いのない動作で唇を重ねる。こんな騒ぎの中でするのはあまりに不似合いな、繊細で優しくて、労りに満ちたキスだった。

「私も君を愛している」

　悲鳴や叫び声が広場に響き続ける中、オリヴェルの静かな告白は不思議なほどまっすぐメロウに届いた。

「だからどうか、君の隣に胸を張って並ぶことのできる私でいさせてくれ。今あの子を見放したら、私は一生自分を許せない。私はもう二度と、草食獣を裏切るような真似をしたくないんだ」

　涙を拭うようにメロウの頬に唇を寄せて、オリヴェルがぽんぽんと二の腕を軽く叩き、しがみついていた腕を放すようメロウを促す。嫌だ、行かせたくない。心がそう叫ぶのを知りながら、悩みに悩んだ末、メロウは後ろ髪を引かれる思いでオリヴェルを解放した。

　オリヴェルを愛しているから、危険な目に遭わせたくない。オリヴェルを愛しているから、これ以上自虐的な感情を抱える姿を見たくない。相反する気持ちの間で葛藤しながら出した答えだった。

「お願い。無茶だけはしないで……」

　オリヴェルの顔を目に焼きつけたいのに、視界が涙で潤んでまともに見ることもできない。震える声で訴えるメロウに、オリヴェルは目許を綻ばせて頷いた。

「ありがとう。大丈夫、必ず無事にメロウのもとに帰るよ。迎えに行くと約束しただろう？」

　ちゅっと音を立ててメロウの眉間に口付けると、オリヴェルは心を決めたように鋭く息を吸った。身を翻《ひるがえ》してアパートを見上げた途端、オリヴェルの体がぐにゃりと歪む。意図的に獣返りを起こしたオリヴェルは、シャツとベスト、スラックスを身にまとったまま狼の姿になった。

わずかに身を低くしてから機敏にジャンプしたオリヴェルは、宣言どおり、各部屋の出窓を足場にしてアパートを登り始めた。

「オリヴェル様があの子を助けに行ったぞ！」

どこからか声があがり、その場にいるすべての獣人がオリヴェルを見守った。オリヴェルは銀色の毛を揺らして身軽に飛び跳ねるが、時々強い風が吹くとバランスを崩し、危うく後ろ足を踏み外しそうになる。そのたびに「ああっ！」と悲鳴があがった。

何度もひやりとする状況に陥りながら、オリヴェルはなんとかネズミ族の男性がいた部屋にたどり着いた。出窓の上で獣人の姿に戻ると、女の子に向かって腕を伸ばす。

その指先が微かに女の子の胴を掠めた。あとは女の子からも腕を伸ばせば救助できるはずだが、恐怖に固まっている彼女はパラソルの心棒から手を離せずにいる。

地上にいる獣人たちが顔の前で手を組んで祈りを捧げる中、メロウは濡れた目を乱雑に拭った。オリヴェルたちに縫い止められていた視線を強引に引き剥がすと、石畳の上にしゃがみ込む。

（黙って見ているだけじゃ駄目だ。僕だってなにか行動を起こさないと）

傍らに置いていたトランクケースを慌ただしく開く。仕事の振りをしているだけなので、中にはまどろみの書も癒しのベルも入っていない。そこにあるのは、オリヴェルが贈ってくれた狼のぬいぐるみと、色無し鳥のエディの冒険を描いた絵本だった。

オリヴェルに会いに行こうと決めてから、メロウはすぐに家族に連絡して、実家に置いてある絵本を送ってもらっていた。気を抜くとすぐにぐるぐる悩んでしまうので、決心が鈍らないよう、オリヴェルの屋敷にあるものと同じ本をお守り代わりに持っていようと思ったのだ。

オリヴェルと会えない間、毎晩メロウに寄り添ってくれた小さな狼に目を向ける。力強い金色の目をまっすぐに見つめたのち、メロウは慣れ親しんだ絵本を取り出した。

まどろみの書や癒しのベルのような、魔力が込められた道具ではない。それでもメロウは自分の力を信じていた。オリヴェルが「効果は私が保証する」と言ってくれた、魔法使いの自分を信じていた。

「大丈夫だからおいで。私が必ず君を助ける」

オリヴェルの声は地上にいるメロウたちの耳にも届いた。力強い言葉に励まされ、女の子はぎこちなく頷いてようやくオリヴェルに手を伸ばす。

その瞬間、アパートの屋上からブチブチッと嫌な音がした。女の子の重さに耐えきれず、パラソルの布が破れたのだと気づいたときには、女の子の体が傾いていた。

咄嗟に身を乗り出したオリヴェルが、女の子の腕をつかむ。落下する女の子に引きずられるように、オリヴェルの体も出窓の下に投げ出された。

最悪の事態に誰もが息を飲む中、メロウは石畳の上で絵本を開いた。弟や妹を幾度となく眠らせてきたこの本は、言うならば夢の中へ誘う道具だ。

「夢の国の住人よ！　今ここに姿を現し、現《うつつ》の世につかの間の夢を見せよ！」

練り上げた魔力を右手に込めたメロウは、声高く詠唱《えいしょう》してその手をとあるページに押しつけた。途端に絵本がまばゆい光を放ち、同時に手のひらに丸く滑らかなものが触れる。

瞬く間に大きくなって絵本を飛び出したのは、物語の中に登場する虹色くじらだった。師匠である祖父がしていたのと同様に、夢の世界のものを具現化する高等魔法をメロウは使ったのだ。

アパートの下に巨体を横たえた虹色くじらが、背中から色とりどりの潮を噴き出す。それがオリヴェルと女の子にぶつかって落下速度を和らげた。

続けて、グレーの体を持つ鳥が絵本から勢い良く飛び出した。虹色のシャワーを浴びるように旋回した鳥はみるみるうちに大きくなり、落ちてきた二人を背中で受け止める。

大きな翼を七色に染めて悠々と空を泳ぐのは、物語の主人公である孔雀のエディだ。

「すごい！　草食獣の魔法使いがオリヴェル様と女の子を助けたぞ！」

広場にワーッと歓声があがる中、エディはゆっくりと弧を描きながらメロウの前に舞い降りた。なにが起こったのか理解できない様子で、オリヴェルと女の子が呆然とエディの背中から降りてくる。それと同時に、虹色くじらとエディはしゃぼん玉が弾けるかのように消え去った。

エディが現れたことの証《あかし》を示すように、色とりどりの羽根が辺り一帯に降り注いだ。まさに夢の中のような光景に、メロウは言葉もなく空を見上げる。歓喜に湧く広場で、ウサギ族の女の子とその母親が涙ながらに抱擁を交わしていた。

ふいに伸びてきた手が、メロウの髪に乗った赤色の羽根をそっと退《ど》けた。いつの間にかすぐそばに立っていたオリヴェルが、繊細な美貌に静かな微笑みをたたえてメロウを見下ろしていた。

「メロウ。私を助けてくれるのはいつも君だ」

熱狂に包まれていても、オリヴェルの声はやはり鮮明に耳に届いた。大きな手のひらが頬を包み、高い体温がメロウの肌を温める。

（……ああ、無事に帰ってきてくれたんだ）

なにげないやりとりの中で唐突に実感して、今さらながら全身がわなないた。オリヴェルを失うかもしれなかったという恐怖と、また彼と言葉を交わせるのだという喜びと、魔法を成功させたことからの昂揚感が一緒くたになり、奔流となってメロウの心を飲み込む。

眉尻を下げ、メロウは震える唇で弧を描いた。熱い雫が右目からぽろっとこぼれ落ちる。

「僕だって、何度オリヴェルさんに助けられたか分かりません」

だからお互いさまですよと、続けるより先に腕を取られた。力強く引き寄せられ、体が深く密着する。メロウからもオリヴェルの背中に腕を回し、互いの体温を確かめ合うようにきつく抱き合った。

「ただいま、私の愛しい魔法使い」

ずっと求めていた言葉を温かな声音で与えられ、メロウは溢れる感情のままに頬を濡らした。トランクケースの中では、主人とその恋人の再会を、物言わぬ狼が微笑ましげに見守っていた。

怪我がないか確認するため、医師の診察を受けることになったオリヴェルに付き添い、メロウは東地区の診療所に向かった。特に問題ないとの結果に胸を撫で下ろしたものの、外へ出た直後、ペンとメモ帳を手にした雑食獣の記者たちに待ってましたとばかりに取り囲まれてしまう。

「ウサギ族の少女を救った英雄から一言いただけませんか？」

「オリヴェル様は今回、あえて獣返りをしたようですが、どのような意図からだったのでしょう？」

「魔法使いの方はヒツジ族と見られますが、いつからあの高等魔法を習得されていたのですか？」

矢継ぎ早にぶつけられる質問に、メロウはくらくらと目を回しそうになる。すかさず近くで待機していたイェリクが飛んできて、後日返答するからと慣れた様子であしらってくれた。

そのままラーシュの馬車へ乗り込もうとしたところへ記者から、

「オリヴェル様は東地区に恋人がいらっしゃるとのことですが、お相手はどんな方でしょう？」

と駄目元とばかりにさらに問われた。完全にプライベートな内容であり、今までの質問と合わせた中でも特に答える必要のないものに思われる。

それなのにオリヴェルはにっこりと笑みを浮かべ、

「彼がその恋人です」

とメロウの肩を抱いて言い放った。記者たちが一層盛り上がる中、イェリクがこれ以上余計な発言をさせて堪るかといった形相でオリヴェルを馬車に押し込んだ。

慌ただしく走り出した馬車の中で、案の定イェリクは「だあーっもう！」と頭を抱えた。一日のうちに色々なことがありすぎて時間の経過が分からずにいたが、窓の外はすっかり薄暗くなっている。

「あなたはどうしてそう面倒ごとを増やすのがお好きなのですか!?」

目を血走らせて声を荒げるイェリクはいつになく精彩を欠いていた。しかしオリヴェルに悪びれる様子はなく、長い脚を組んでしれっと返す。

「別にいいだろう？　どうせ後日記者に囲まれた際にも同じ返答をするつもりだった」

「またグスタフ様から抗議の文書が来るじゃないですか！　あの草食獣差別貴族、なにかあるとすぐわたくしやラーシュを目の敵《かたき》にして！」

「放っておけ。そもそもお前たちが幼少期に父を散々こけにしたことも、あのひとの草食獣嫌いが加速した要因の一つだろう。幼い子供の揶揄をいまだ根に持つ父も大概だとは思うが」

　以前見たときよりも二人の言葉の応酬はさらに軽快になっていた。その間もオリヴェルは平然とメロウの腰を抱いている。再会する前と比べて随分あっけらかんとした、どっしりと構えた雰囲気のあるオリヴェルに、メロウはただただ呆気に取られた。

「あの……、オリヴェルさんって今、どっちの人格なんですか？」

　主人格にも第二の人格にも見える彼に、率直な質問をぶつけた。メロウの混乱を察したオリヴェルは、白い歯を覗かせて屈託なく笑い、楽しそうに肩を震わせる。

「どちらの人格、という概念はもうないな。私の中にあった理性と本能が一つになって、今は一人分の人格しか存在しないのだから」

「えっ!?　そうなんですか!?」

予想していなかった発言に、メロウは声を裏返らせた。手紙の中で「狼としての本能と対話を試みた」と書かれていたが、まさかこの一ヵ月のうちに人格を統合するところまで到達していたなんて。

「そっか。じゃあもう、どっちのオリヴェルさんもいないんだ……」

かつて接した二つの人格を思い返し、メロウはぽつりと漏らした。

主人格のオリヴェルは誠実で紳士的だが、自分自身に怯えている分、どこか陰を背負っている印象だった。第二人格は強気なわりに、いつも主人格に遠慮しているところがあった。

今メロウの隣にいるオリヴェルは、両者の良いところを組み合わせ、ネガティブな一面を完全に消し去った印象だ。堂々としている分、狼としての威厳と雄の色気が滲み出ていて、あんなにはっきりと恋人宣言をして良かったのかと焦るほど格好良い。

（一つの人格を理性と本能で強引に分けてただけで、オリヴェルさんは元々こういう性格だったのかもしれないな）

ぼんやりとそんなことを考えながらオリヴェルを眺めていると、視線に気づいた彼がメロウを見つめ返した。窓の縁に肘を乗せて顎に指を添え、目を細めて微笑む姿にドキッとする。

「うん？　前の人格が消えたのがそんなに寂しいのか？」

その問いにメロウはまごつき、どう答えるべきか悩んだ。考えた末に正直な気持ちを打ち明ける。

「はい……、ちょっとだけ。もう一人のオリヴェルさんも大好きだったから、いなくなっちゃう前にお別れを言いたかったなって」

　オリヴェルにとっては喜ばしいことなのに、自分勝手な発言だと分かっている。それでも、強気で少し口が悪くて、案外照れ屋な一面もある第二人格ともう会えないのだと思うと、メロウは寂しさを感じずにはいられなかった。

　肩を落とすメロウに、オリヴェルがふっと口許をゆるめた。腰に触れていた手を肩に移動させ、自分のもとへ引き寄せる。メロウはバランスを崩し、オリヴェルの胸にもたれる体勢となった。

　唖然とするメロウのこめかみに口付けてから、オリヴェルが羊耳に唇を寄せる。

「俺は消えちゃいねえよ。これからもずっとお前のそばにいる」

　低く掠れた声で紡がれる台詞の、たっぷりと蜜を滴らせるような甘さに、メロウは一拍遅れて頬を燃やした。「え、な、なんで!?」と慌てふためくメロウに、オリヴェルは悪戯が成功したと言わんばかりの無邪気な笑みを見せる。

「言っただろう？　今の私は二つの人格が統合された存在だと。狼としての本能も、私の大切な一部だよ」

　楽しげに相好を崩すオリヴェルにメロウはぽかんと口を開け、それから安堵の息を漏らした。人格を分裂させるくらいに疎んでいた肉食獣の本能を、オリヴェルが大切に思うようになってくれたのが嬉しかった。メロウにとっても、オリヴェルの第二の人格は大切な存在だったのだから。

　万事うまくいって良かったと微笑むメロウを、オリヴェルがじっと見つめる。メロウの喉仏に指を添えてつうっと首をなぞると、顎に指を添えて顔を上向かせた。

「とはいえ、今の私を一番に愛してもらえたらそれに勝る喜びはないのだが。前の私のほうが良かったなどと思わせないよう、これからはもっと深く私に惚れさせるつもりだから、覚悟しておけよ？」

　鼻先が触れ合いそうな距離でオリヴェルは甘く囁く。メロウの唇を指の腹でするりと撫でてから、「続きは屋敷に着いてからだな」と羊耳の根元に唇を押し当てた。その甘くて強気な台詞に、メロウは大袈裟なほど肩を跳ねさせる。

　首まで真っ赤になったメロウは、羊耳を手で押さえぷるぷると震えた。

（ど、ど、どうしよう。以前ならどっちの人格のオリヴェルさんもちょっと隙があるからまだ安心できたのに、完璧なオリヴェルさんにこの調子で口説かれ続けたら、僕の心臓が持つ気がしないんだけど!?）

　うるさいくらいに高鳴る鼓動を持て余す中、イェリクだけがげんなりした声で「だからそういうのは二人きりのときにしてくださいよ……」とこぼした。

　屋敷に到着すると、オリヴェルはメイドたちに入浴準備の指示を出した。広場での騒ぎで汗を掻いたうえ、強い風で舞った土埃《つちぼこり》を被ったせいで、肌はべたつくし髪はボサボサだ。あとで自分もバスルームを貸してもらおう、と思っていたメロウは、ごく当たり前のようにオリヴェルに抱えられて目を白黒させた。

「え？　えっ？　あの？」

「一緒に入浴しよう。頭の天辺《てっぺん》から足の先まで私に洗わせてくれ」

脇と膝の裏に腕を回して横抱きにする体勢は、絵本の中で王子様がお姫様を抱き上げる姿を思わせる。ロマンティックな状況のはずなのに、実際にそれをされているのは全身ボロボロの雄羊で、メロウはただ唖然とするばかりだった。——いや、それより問題なのは。

「あの、実は僕、オリヴェルさんに……、は、裸を見せたことないんです……！」

脱衣所に下ろされたメロウは、羞恥に心臓が爆発しそうになりつつ懸命に打ち明けた。

オリヴェルが自分の中にあるもう一つの人格に気づいたのは、メロウの体の性的な痕跡を目《ま》の当たりにしたことがきっかけだ。記憶が欠落しているだけに、メロウは自分に一糸まとわぬ姿を晒した経験があると思っているのかもしれない。

その誤解を必死に訂正しようとするメロウだが、オリヴェルは長い睫毛を瞬かせたのち、「知っているぞ？」と返した。

「メロウをベッドに押し倒したときは、わずかに服を乱しただけで終わったからな。薄暗かったのもあって、メロウの体はほとんど見られなかった」

いかにも残念そうに肩を竦めるオリヴェルにメロウは混乱する。人格交替時の記憶は、主人格には残っていないはずなのだが。

「あのときのこと、覚えてるんですか？」

「覚えている……というか、思い出したと表現するべきだろうか？　二つに分かれていた人格が統合されてからというもの、今まで頭の中になかったはずの記憶が時折ふっとよみがえるようになった。トラ族の男に怒鳴ったときや、獣返りをした直後のメロウの扇情的な格好に、つい性欲を刺激されたときのことがな」

「せいよ……っ、……そ、そうだったんですか……」

馬車の中で第二の人格を彷彿とさせる台詞がすらすら出てきたのも、失われていた記憶を得たためなのだろう。オリヴェルの説明に納得するものの、性欲を刺激されたなどとはっきり言われるとさすがに居たたまれない。

頬を赤らめて視線を泳がせるメロウを、オリヴェルはじっと見つめた。それから肩に手を乗せて引き寄せると、ゆったりとした動作で抱きしめてくる。背中に回った腕はどこか縋るような切実さがあり、メロウは「オリヴェルさん……？」と戸惑いの声を漏らした。

「本当のことを言えば、嫉妬している。君に初めて触れた男の存在に」

「……オリヴェルさんですよ？」

「分かっている。それでも最初にメロウに触れたときの記憶が、こんな風にあとから思い出す形でしか残っていないのが悔しい。君の肌の感触も、素肌から伝わる体温も、その瞬間に得たものを味わいたいのに」

拗ねた調子で告げられ、メロウはきょとんとした。首筋に頭を擦り寄せてくるオリヴェルが、落ち込んだ様子で尻尾を垂れる。先ほどまでの余裕綽々《しゃくしゃく》な態度はどこへやらだ。胸に込み上げる愛しさに、メロウはふふっと笑い声をこぼす。

（こんな魅力的なひとが、自分自身へのやきもちでこんな風に落ち込んじゃうなんて）

広い背中をぽんぽんと軽く叩いたメロウは、オリヴェルが身を離すとその肩に手を置いて踵《かかと》を浮かせた。背伸びをしてメロウからキスをする。

「じゃあやり直して。僕にしたかったことをすべて、オリヴェルさんのしたいようにしてください。僕の全部はオリヴェルさんのものなんだから」

太陽の色をした愛しい瞳を見上げ、メロウは花が綻ぶように微笑んだ。意表をつかれた様子のオリヴェルは、ゴクリと音を立てて喉仏を上下させる。

鈍いと称されがちなメロウも今度ばかりはオリヴェルの感情が読み取れて、思わず口許がにやけた。

「今ドキッとしました？　ちょっと前のオリヴェルさんだったら、うっかり人格交替しちゃうタイミングだったかな」

「まったく……。狼を手玉に取ろうなんて、君は賢くて悪い羊だな」

片方の眉をぴくりと上げたオリヴェルは、白い歯を覗かせて悔しげな笑みを見せた。それからすぐにメロウの腰を引き寄せ、噛みつくようなキスをした。

性急に入り込んできた舌先が、待ちきれないとばかりにメロウの舌を絡め取る。舌の根元から先端までを丹念に愛撫し、湿った口腔をくすぐりながらクロスタイを外す。

長い指がベストを脱がせ、シャツのボタンを外していく中、メロウも拙い動作でオリヴェルのアスコットタイをゆるめた。夢中で唇を味わいながら互いに衣服を脱がし合う。

「んんっ……、ふ……はぁ……っ」

合わせ目にわずかな隙間ができるたび、メロウは内側にこもった熱で息を濡らした。オリヴェルは一度口付けを解いて濡れた唇を舐め、首筋や鎖骨を軽く吸いながらボトムに手をかけてくる。下着と一緒に足から引き抜くと、自らもスラックスを下ろして、また飽きずに唇を繋げた。メロウもオリヴェルの首に腕を回して求める。やわやわと唇を食まれるのも、上顎を舐められるのも、焦らすようにじっくりと歯列をたどられるのも、なにもかもが気持ち良くて仕方なかった。

そうやって一糸まとわぬ姿になる頃には、互いに中心が兆し始めていた。髪と同じプラチナブロンドの下生えから覗く、メロウのささやかな性器を、オリヴェルが欲情した目で見つめる。頬を染めてメロウが太股を閉じると、「行こうか」とオリヴェルが手を引いた。

大理石の床が広がるバスルームの中央には、据え置き型の猫足バスタブが設置されていた。長身のオリヴェルでもゆっくり脚を伸ばせる大きさで、滑らかな曲線を描く白い浴槽にはもこもこした泡が浮かんでいる。

二人で綺麗に体を洗ったのち、オリヴェルに勧められてメロウはたっぷりと張られた湯に浸《つ》かった。そのそばでオリヴェルは銀色の髪を手早く洗う。

仰向けになってバスタブから頭を出すように言われ、メロウは素直に従った。メロウの髪を濡らしたオリヴェルは、花の香りのシャンプーを使い、癖のあるプラチナブロンドを丁寧に洗い始めた。誰かに洗髪してもらうのは子供のとき以来で、メロウは夢見心地で身を任せる。

「どうだ、気持ちいいか？」

「はい……、うっかり眠ってしまいそうなくらい。僕、オリヴェルさんにこんなことさせちゃっていいんですかね？　イェリクさんに知られたら呆れられそうです」

「恋人の世話を焼きたいと思うのはごく自然なことだろう？」

　伯爵の子息であることや、現在の自分が注目を集める存在であること。そういった点をまるで気に留めていないオリヴェルに、メロウはなんだかくすぐったい気持ちになる。

　髪を洗う泡まみれの手に触れ、メロウは込み上げる愛しさに目を細めた。

「オリヴェルさんのそういうとこ、大好き」

　素直な気持ちを吐露すれば、オリヴェルはわずかに目を見開き、やられたとばかりに目尻を染めた。髪をすすぎ終えると、すぐさま顔を寄せてきて反対側からべろりとメロウの唇を舐める。互いに舌を伸ばして絡め合い、浴室に濡れた音を響かせた。

「いけない口だな。すぐに私の劣情を煽って」

　キスの合間に低い声で揶揄すると、オリヴェルはメロウの白い肌に手を這わせた。首筋に触れ、肩の輪郭《りんかく》をなぞりながら、湯船に浮き沈みする胸の突起をきゅっと摘まむ。

「あ、あっ！」

その刺激にメロウはぴくんっと体を跳ねさせ、切なく眉を寄せて甘い声をあげた。オリヴェルは人差し指と中指で乳輪を挟み込むと、つんと尖った突起を親指の腹で転がす。そうすると焦れったい快感が全身に広がって、メロウの内股の間を堪らなく疼かせるのだ。

淫《みだ》らなキスで口腔を犯され、固くしこった乳首を捏ね回され、メロウはバスタブの縁に背中をつけたまま身を捩った。

（どうしよう……、こっちも触ってほしい……っ）

脱衣所でのキスで一度熱を覚えた中心が、再びじわじわと熱くなる。大量の泡が目隠しになり、湯に浸かっている部分はオリヴェルには見えないはずだ。

おずおずと股の間に手を伸ばしたメロウは、芯を持った性器に指を絡めた。ちょっとだけ……、と自分に言い訳しながらゆるやかに雄を刺激し始める。その間もオリヴェルが淫靡なキスと乳首への愛撫を続けるので、メロウは体のあちこちから得られる快感に溺れていく。

「あ、ぁっ、あん……っ、んぅっ」

まずいと思いながらも自慰に耽《ふけ》る手に力がこもり、メロウは腰をくねらせながら快感を追った。オリヴェルが、勃起した乳首を爪で弾くからいけない。ねっとりと舌を擦り、唾液を滴らせて貪るようなキスをするからいけない。

だからメロウも、バスタブの中での淫らな行為がやめられないのだ。

「……メロウ」

舌先からとろっと糸を引き、オリヴェルが唇を解放した。頬を紅潮させるメロウの脇の下に、今まで胸を弄《いじ》っていた手が滑り込んでくる。大人が子供を抱き上げるように、そのままずるりと湯の中から持ち上げられた。

「へ……っ？」

唐突な展開に頭がついていかず、メロウは全身に泡をまとわりつかせたまま間の抜けた声を出した。

「私の可愛い羊は、随分とおいしそうな場所を隠していたんだな」

おもむろに口角を上げたオリヴェルの視線が下肢に向けられていると気づき、陶然としていた脳が一気に冴えていく。メロウの手は、上向く欲望の根元をいまだ握ったままだったのだ。

「あ、やっ、これは……！」

全身を巡る血が沸騰しそうな感覚に、メロウは両手で中心を隠した。羞恥に震えるメロウをバスタブの縁に座らせると、オリヴェルがシャワーコックを捻ってサッと湯をかける。

軽く泡を流したオリヴェルは、メロウの前に跪《ひざまず》くと、太股に手を当てて大きく割り開かせた。オリヴェルの眼前にメロウの張りつめた欲望を晒す体勢になる。

「や……っ」

「メロウのすべては私のものだから、ここもおいしくいただいていいのだろう？」

なにを、と問うより先に勃起した性器に指を添えられた。止める間もなくオリヴェルの口腔にメロウの中心が飲み込まれていく。

「ああぁっ！　やだっ、ゃっ……」

ぬるっとした口腔の粘膜に擦られる快感は、手でされるのとはまた違う良さがあった。雁首を舌が這い、やわらかな唇が茎を撫でさする。同時に根元を手で扱かれると、自慰によって十分に育っていたそこはすぐにでも爆発しそうになる。

「きもち……きもちぃっ……、で、出ちゃうからぁ……っ」

湯の中に転がり落ちないよう懸命にバスタブの縁をつかむが、手に力が入らない。射精したい。性路を駆け上がる体液を早く外に放ちたい。その気持ちが頭の大半を占めていた。

オリヴェルはやわらかな双玉を手のひら全体で揉み、メロウの欲望を口に含んだまま「このまま出せ」と言った。しぼりとるようにきつく吸い上げながら、竿《さお》を扱く手の動きを速める。

「ぁ、出る……あっ、あっ、……ッ！」

体の内側を駆け上がった快感が頭の中で一気に弾けた。爪先を丸め、メロウは背中を震わせてオリヴェルの口腔に精を放つ。

ちゅう、と音を立てて残滓《ざんし》まで吸い尽くすと、オリヴェルは手の甲で唇を拭った。喉を上下させて嚥下《えんげ》し、バスタブに手をついて立ち上がる。他の相手との性行為の経験がないので分からないが、精液というのは飲むものなのだろうか。多分、いや絶対違う。

射精の余韻でいまだぼんやりとするメロウを抱え、オリヴェルは大理石の床にあぐらを掻いた。メロウに自分の太股を跨がせ、向かい合う形で座らせる。メロウは弛緩《しかん》した体をオリヴェルに預けた。

「もう少し中まで触るぞ」

メロウの角に口付けながら、オリヴェルはシャンプーのそばに置いてあった小瓶に手を伸ばす。中から出てきたのはとろみのついた液体だった。

オリヴェルはそれを指に絡め、おもむろにメロウの後ろに回した。閉じた蕾《つぼみ》に液体を塗り込められ、「中まで」の言葉が意味するところを察したときには、粘着質な音とともに後孔に中指が入り込んでいた。

「あ……ッ、な、に……？」

「力が抜けているからか抵抗なく入るな。メロウが泡に隠れて可愛いことをしていたおかげだ」

「やだ……言わないでっ……、ん、んんっ」

潤滑剤の滑《ぬめ》りを借りた指は、慎重に、けれど着実に奥を目指していく。体の内側を探られる感覚が心許ない。オリヴェルの首に腕を回すと、メロウはぎゅっと目をつむって異物感をやり過ごした。

内壁を探っていたオリヴェルが、反対の手でふいにメロウの腰を撫でた。その手がゆっくりと下りていき、尻尾の付け根を摘まむ。

「っあ！」

自分でもよく分からないざわめきが体を走り、メロウは肩を跳ねさせた。オリヴェルはお構いなしに人差し指と中指を使って尻尾を挟み、くにくにと捏ねるように刺激する。そうすると腰が砕けてしまいそうな快感がメロウを苛み、一度精を放ったはずの中心に再び熱が集まってしまう。

「あっ、ゃ……そこだめっ……そこ、変な感じだから……」

「メロウはここに触れられるのも弱かったな」

「ぁう……っ、擦っちゃだめ……一緒にされたら、お尻、変になる……っ」

性器を手淫するような指使いで尻尾を撫でさすられ、同時に内壁を指で掻かれると、どちらの刺激で快感を得ているのか分からなくなる。くぷくぷといやらしい音が後孔から漏れ聞こえ、潤滑剤のせいだと分かっていても淫らな気持ちになった。

いつの間にかメロウの中心は再び兆していて、雄の本能でつい腰をカクカクと揺らしてしまった。すると、敏感な性器がなにか固いものに当たった。

そっと腹のあたりを盗み見て、メロウは頬を赤らめた。オリヴェルの性器は目を瞠《みは》るほどの大きさで、竿に血管を浮かべて力強く隆起している。どぎまぎしながらも、メロウはその勇ましい雄から目が離せない。

「オリヴェルさんの、すごい……」

素直な感想を漏らせば、オリヴェルはくくっと喉の奥から笑い声を漏らした。

「メロウがあまりにいやらしくて可愛いから、もうこんなになってしまった」

「こんなにおっきいのに、僕の中にちゃんと入ります……？」

「入るよ。そのためにここを拡《ひろ》げてるんだ。……ほら」

いつの間にか二本に増えていた指が、中の具合を確認するかのように拡げられた。オリヴェルのものを入れるのにはまだ足りないが、確かに中が解《ほぐ》れてきたのが分かる。

そうやってやわらかい部分を弄られていると、尻尾に触れられるのと同じように力が抜けてしまう箇所が存在するのに気がついた。しこりのような部位を内側から指で押されるたびに、ざわざわとした感覚が体の中心を駆け、触られていない性器までが再び力を漲らせる。

（お酒を飲んだときみたいに、なんだかずっとおかしな気分だ）

華奢で小柄なヒツジ族とは異なる、オオカミ族のたくましくて男らしい体を全身で味わっていると、それだけでうっとりとするような多幸感を覚えた。しっかりとした胸板と、筋肉が乗った二の腕が汗と蒸気で湿って、メロウのやわらかな皮膚とよく馴染む。

濡れた銀髪の間から獲物を狙うような眼差しを向けられると、鋭い目許に滲む雄の色香にくらくらした。そういった要素が、オリヴェルに触れている箇所から得るものをすべて快感に変えてしまう。

（あ……、そうか。気持ちいいんだ）

オリヴェルの指が刺激する、メロウの体内にあるしこり。そこから生まれる奇妙な感覚が快感だと認識した途端、内壁がきゅうっと収縮した。雄を誘い込むような淫靡な動きに、メロウは頬に熱を上らせる。

「……いいのか？」

欲情した低い声が羊耳を掠めたと思ったら、次の瞬間には白い羊耳に歯を立てられていた。

「あッ……！」

本気で噛まれたわけではない。獣返りした幼子がじゃれるような、なんてことのない甘噛みだ。それなのに相手が肉食獣だと思うと急激な心許なさに襲われる。けれどその百倍も興奮した。

「あっ、あ、すごい……きもちぃ、噛んでっ、もっと噛んで……！」

艶《なま》めかしく腰を揺らしながら、メロウは天を仰ぎ夢中で喘いだ。オリヴェルは求められるがまま羊耳の先端を口に含み、軽く歯を立てながらしゃぶりつく。

中を掻く指が三本に増え、好き勝手にメロウの中で蠢《うごめ》いても、もう異物感は気にならなかった。それどころか、勃起した性器がだらしなく涎《よだれ》を垂らすくらい感じてしまっている。

尻尾と、羊耳と、とろとろに溶け崩れそうな後孔を同時に刺激されて、メロウは全身を桃色に染めて悦《よ》がった。

「イっちゃう……またイっちゃう……っ。どうしよ、なんでこんなに気持ちいいの……っ？」

オリヴェルに触れられるまでなにも知らない体だったのに、どんどん敏感になっていく自分が怖い。

これではとんだ淫乱羊じゃないかと、メロウは惑乱してぐすっと鼻をすする。

そんなメロウを宥めるように、オリヴェルが優しく頭を撫でてきた。

「メロウは草食獣だからな。脳内麻薬が出始めたんだろう」

「のうないまやく……？」

舌足らずな調子で聞き返すメロウに、オリヴェルが説明してくれる。

脳内麻薬は、動物の頭の中で分泌《ぶんぴつ》される快楽物質だ。精神的な負荷が強まった際——例えば草食獣が肉食獣の餌食《えじき》となったときなどに放出され、体の苦痛を和らげる作用がある。

草食獣のメロウは、動物としての急所に肉食獣の歯を受けたり、何度も刺激されたりしたために、動物的本能によって脳内麻薬が出ているのだろう……というのがオリヴェルの見解だった。

「僕、別にオリヴェルさんが怖いわけじゃないのに」

心が彼を求めているのに、体が勝手に恐怖心を抱くなんて不本意だ。メロウは拗ねて唇を尖らせるが、オリヴェルはメロウの体が苦痛を和らげる物質を出していることについては特に気にしていない様子に見える。それどころか、どこか楽しげに口許をゆるめていた。

尻尾をまさぐっていた手がメロウの首に触れる。つつつ、と指の腹でメロウの喉仏をなぞったオリヴェルは、唐突にそこへ顔を寄せた。鋭い歯の感触が皮膚に食い込む。

「あ……ッ……！」

途端に頭の中が真っ白になり、メロウはオリヴェルにつかまったまま身を震わせた。

しばし言葉を発することも忘れて息を乱していたメロウは、反り返るほど昂ぶった己の中心が、先走りでぐっしょりと濡れていることに気づいた。強い興奮を感じたのは確かだが、精液はこぼれていない。

「私に嚙みつかれることを想像して、出さずに軽く達したのか？」

ニヤリと片方の口角を上げて揶揄するオリヴェルに、メロウは顔を真っ赤にしてうつむいた。メロウの頬に手を置いたオリヴェルが、こめかみに優しく口付けてくる。

「こんな白くて綺麗な肌に噛みついたりしないさ」

宥めるような口振りに、喜びよりももどかしさが募った。オリヴェルが自分を傷つけないことはメロウだって分かっている。だがそれを口にしたところで、メロウの中にあるオリヴェルへの深い愛情と信頼を伝えきれるとは思えなかった。

オリヴェルにすべて捧げたい。自分が持ち得るなにもかもを。

「噛みついてもいいですよ」

形の良い唇に押しつけるだけの稚拙なキスをして、メロウは言った。

「オリヴェルさんになら、僕、食べられてもいい」

決して過剰な表現ではなかった。オリヴェルの血肉になり、彼の中で生きる自分を想像すると下肢が熱を持つ。肉食獣と草食獣の恋は一様に倒錯的なのだろうか。いかんせん周囲に前例がないのでよく分からない。

メロウの言葉に瞠目したオリヴェルは、一拍ののち、透きとおるような瞳の奥に凶悪な欲望を宿した。眉間に深い皺を刻んで顔を歪め、グルル……と低い唸り声を漏らす。

「そうやって私を煽るなと言ってるだろう……！」

余裕を失った声で吠えると、オリヴェルはメロウの中からずるりと指を引き抜いた。メロウを連れて脱衣所に向かい、手早くバスローブを羽織るとメロウにも同じものを着せて横抱きにし、大股で廊下を進む。

やがて寝室にたどり着くと、オリヴェルは慌ただしく扉を開閉し、メロウを仰向けの状態でベッドに組み敷いた。バスローブの前を乱暴に開き、自身も裸体を晒す。

メロウの太股をつかんで胸に押しつけるようにしたオリヴェルは、凶悪な大きさの屹立《きつりつ》を窄《すぼ》まりに宛がった。間を置かず破裂しそうな肉杭を突き立てる。

ずぷずぷずぷ……と音を立てて、太い欲望を一気に奥まで押し込まれた。体の奥に溜まっていた熱が、オリヴェルの雄でぐぐぐっと押し固められるような、濃密な快楽がメロウの中を駆ける。

「ひ、ぁ……――ッ！」

ひくつく孔を求めていたもので埋められ、メロウは痩身《そうしん》を仰け反らせて腹に白濁を散らした。目の前でチカチカと細かな光が弾ける。勝手に体が痙攣《けいれん》し、オリヴェルのものを締めつけてしまう。

中に雄を埋め込んだままベッドに手をつき、オリヴェルは無言でメロウの痴態を眺めていた。メロウも胸を上下させながら愛しい狼を見上げる。

オリヴェルの艶やかな銀髪から雫が落ち、メロウの肌を濡らした。いつも穏やかな微笑みを浮かべている顔は険しく歪み、男の色香をこれでもかというくらい滴らせる。

メロウを組み伏せるしなやかな肉体は均整が取れていて、その美しさにメロウはゴクリと喉を鳴らした。しゃぶりつきたいという表現が似合う、性的な魅力に溢れた体だと思った。

上気したメロウの頬にそっと触れたオリヴェルは、ふいに目許をゆるめた。

「ずっとこうしたかった。くるくると表情を変える愛らしいメロウを守りたいと思うのに、同時に、淫らに暴いて乱れさせ、私のものにしたいとも考えていた。……そんな自分を嫌悪するたびに意識が遠退いて、君と過ごした記憶が途切れてしまった」

　感慨深く噛みしめるようにして発せられた言葉に、メロウの胸にも切なさが込み上げる。頰に触れた大きな手に自分の手を重ね、メロウも愛しい狼を見上げた。

　オリヴェルは空いているほうの手をベッドにつき、上体を傾けてきた。結合部に圧がかかり、メロウは「んっ」と声を漏らす。それにくすりと笑いながら、オリヴェルが眉間に唇を押し当ててくる。

「愛しているよ、メロウ。君があのとき、私を拒んでくれて良かった。君と繋がる初めての夜が、今日で良かった」

　互いの息が肌に触れるような距離で、オリヴェルは整った顔立ちをゆるめ、幸せそうに微笑んだ。込み上げる喜びが全身をひたひたと満たし、悲しくないのに目尻から熱い涙がこぼれる。

　その一つ一つをオリヴェルが唇で掬うから、波打つ感情はいつまで経っても落ち着いてくれない。

「僕もオリヴェルさんが好き……。これからはずっと、一緒にいてくれる……？」

　オリヴェルの決断を応援しなくてはと頭では分かっていても、彼を求める心は止められなかった。ぐすっと鼻をすするメロウの、額や頰、唇に、オリヴェルはキスを降らせる。

「もちろんだとも。今日の個展が無事終わったら、メロウを迎えにいくつもりだった。けれど広場でスピーチをしながら、今この場にメロウがいてくれたらどんなに嬉しいかとも考えていた」

　だから君を見つけたときはとうとう幻を見るようになったのかと思ったよ。と、最後は冗談めかしてオリヴェルは笑った。そんな茶目っ気のある笑顔に、「やっぱりオリヴェルさんなんだな」と思った。人格が統合されても、少しばかり雰囲気が変わっても、メロウが愛した獣人に変わりはない。

ふふっとメロウが釣られて笑うと、腹の中まで震動したらしく、オリヴェルがぴくりと眉を震わせた。オリヴェルと繋がっている事実を今さらながら実感して、メロウはそろりと結合部に手を伸ばす。太い杭をみっちりと咥え込んだ部分を指でなぞると、「あんなに大きいものが本当に入ったんだ」としみじみと感動した。

「すごい、ぎゅうぎゅうに入ってる。オリヴェルさんになら食べられてもいいって思ったのに、これじゃ僕がオリヴェルさんを食べてるみたいですね」

率直な感想を述べたつもりだった。けれどこめかみから汗を伝わせたオリヴェルは、顔を歪めて苦々しげな笑みを浮かべた。なにかまずい発言をしただろうか、と戸惑うが、オリヴェルに唇を奪われるとすぐに思考が霧散する。

「ん……」

「どんなに理性を総動員しても、メロウはすぐに本能の部分に狙いを定めてくるんだな」

鼻が触れ合う距離で、オリヴェルが劣情に息を乱した。

「欲深な狼の本性を暴いたのは君だ。この真っ白な体を、すべて私の色に染める権利を渡してもらうぞ」

照明の明かりを背にしたオリヴェルは、欲望を宿した目を爛々《らんらん》と光らせた。形の良い唇から赤い舌を覗かせ、獲物を前にした肉食獣の顔で舌舐めずりする。

あ、これは本当に、危ないものを刺激しちゃったかも。そう気づいたときにはもう遅く、メロウは長大な肉杭でずんっと奥を穿《うが》たれていた。

「ああぁ……ッ！」

背中をしならせて身悶えるメロウの小柄な体に、オリヴェルは容赦なく雄を突き立て続けた。体格差があるためにいくら拡げてもメロウの孔は小さく、胎《はら》の中のすべてでオリヴェルの存在を感じ取る。

丸い先端、太く雄々しい竿、尻にぶつかる双玉……。彫刻を造るための型を取るかのように、男を知らなかったメロウの中がオリヴェルの形になっていく。

「あ、うぅ、おっきぃ……っ」

「苦しいか……？」

「んっ、ん、苦しくない……っ、きもちいぃ……」

立てた膝をガクガクと震わせ、メロウは身を苛む愉悦に溺れた。丁寧に仕込まれて蕩けた肉に、オリヴェルは何度も何度も雄を抜き挿しする。

湯に浸かって体が火照ったためか、胸の上で尖る乳首は赤く色づき、禁断の果実のようにオリヴェルを誘った。背中を曲げたオリヴェルにその尖りを舐められ、舌で転がされれば淫猥に光る。

初めて知る悦楽を奥へ押し込まれ、メロウは為す術なく身をしならせた。そんな場所へ快感を植え

つけられたら、もう自分の手で性器に触れるだけでは満足できなくなる。オリヴェルの勇ましい雄で中を掻いてもらわないと、もう。

メロウの細い腰を両手でつかみ、逃げられないように固定してオリヴェルがガツガツと腰を使った。本能を押し殺してメロウを気遣っていたオリヴェルが、夢中で自分を求めてくれている。そう思うとひどく興奮した。あまりの気持ち良さに神経が焼き切れそうだった。

「あ、ぁ、っあ、オ、オリヴェル、さんっ」

「はあ……ッ、食いちぎられそうだな」

腰を大きく回して肉を奥から掻かれたかと思えば、次の瞬間には浅い場所を直線的な動きで擦り上げられる。様々な動きで絶えず刺激され、メロウは髪を乱して感じ入った。

せっかく入浴を済ませたのに互いに汗だくになっていて、背中の下に腕を入れられ深く抱きしめられると、それらが混ざり合いもはやどちらの体液かも分からなくなった。もっと深く繋がりたくてオリヴェルの腰に脚を巻きつけると、腰の動きに合わせてメロウの踵が彼の臀部にぶつかる。

唇を塞がれて、息も絶え絶えになりながらメロウは舌を絡めた。上も下も、すべてオリヴェルで埋められている。

「あ……っ、ま、また出る……も、いっぱいイったのに、またイっちゃう……ッ」

指で探り当てられた秘所に照準を合わせて狙い撃ちされると、もはや解放されることしか考えられなくなる。中から得る快感だけでも堪らないのに、懲りずに膨らんだ性器がオリヴェルの腹に擦れるものだから、外側からの直接的な性感まで与えられていっそ苦しいくらいだ。

「ん……、一回出しておくか……ッ」

メロウを腕の中に捕らえたまま、オリヴェルが全身を使って揺さぶってきた。一回ってどういう意味だ、と頭に浮かんだ疑問は、重たい一突きですぐに消え去る。

「ア、ああっ、ぁ……、ん、んーっ……！」

滅茶苦茶に乱され、勃起した雄を腹で潰され、メロウは喉を反らして悦がった。ビクッと大きく身を跳ねさせ、もうだいぶ薄くなった精液を鈴口から垂らす。

「く……っ」

オリヴェルも短く呻き、メロウの体を押さえ込んで体内に精を吐き出した。熱い体液で胎の中を濡らされ、メロウは睫毛を震わせて深い愉悦に溺れる。

絶頂の余韻も去らないうちに、オリヴェルが中からずるりと雄を引き抜いた。メロウの肩をつかんでうつ伏せにさせる。

オリヴェルは混乱するメロウの尻たぶに手を添えると、遠慮のない動作で左右に開いた。口を開けた後孔からオリヴェルが撒《ま》いた白濁がこぼれ、メロウは「あっ……」と甘い息を漏らす。

けれどそこに再び切っ先が触れると、霞《かすみ》がかっていた頭に急な焦りが芽生えた。

「え？　オリヴェルさんだってイったんじゃ……、ひ、ぁあああっ！」

腹這いになったメロウに覆い被さるようにして、開いた孔にオリヴェルが楔《くさび》を打ちつけた。達したばかりの体に激しく雄を出し入れされ、メロウは悲鳴じみた嬌声をあげた。

容赦ない律動のせいで、三度目の射精を終えたばかりの性器がシーツに擦れる。必死に結合を解こうとするが、オリヴェルが全身でのしかかりメロウの抵抗を封じるため、ベッドの上に固定されて逃げられない。

そのうえ指の腹で乳首を転がすものだから、メロウは大き過ぎる快感に幼子のように啜り泣いた。

「いやっ、やあぁっ！　も……、おかしくなるからぁ……っ」

体の下でぐしゃぐしゃになっているシーツを握りしめ、メロウはかぶりを振る。その瞬間、オリヴェルの唇が羊耳に触れた。

狼の犬歯が羊耳に食い込む。やわやわと耳を甘噛みされ、乳首をきつく摘まれて、メロウは全身をぶるぶると痙攣させた。

「……ッ、……〜〜〜ッ！」

声すら出せないまま、メロウは脳内に撒き散らされる快楽に飲み込まれた。絶頂まで押し上げられても、性器はひくりと震えるだけでなにも吐き出さない。その間もオリヴェルからは綻んだ蜜壺を激しく穿たれる。

ベッドに身を投げ出したまま、メロウはもはや抵抗すらできなかった。肉がぶつかり合う淫猥な音だけが寝室に響く。気持ちいい、気持ちいい、と頭の中で繰り返しているうちに、メロウは間を置かずに達した。今度も射精を伴わない絶頂だった。

オリヴェルももうなにも言わず、眉間に深い皺を刻んで繊細な美貌を、狼そのものといった獰猛さで歪めて襲ってくる。シーツに頬をつけて虚ろな目でその様子を眺め、メロウは溢れるような歓喜を覚えた。唇の端から唾液を垂らしながら幾度となく頭の中を桃色に染める。

（僕、今、オリヴェルさんに食べられてるんだ……）

オリヴェルとの境がなくなって、彼の良いようにされている。全身を貪られ、しゃぶられ、メロウのすべてをしぼり取られる。オリヴェルに食べられて、自分は今、彼と一つになったのだ。

絶頂と、そうじゃないときとの境界線が限りなく曖昧になっていた。弱い箇所を擦られるたびに簡単に達してしてしまう。それでもオリヴェルの腰の動きが速まったことを悟ると、メロウは気怠《けだる》い腕を上げ、襟足の毛を退けてうなじを見せた。

天敵である狼の眼前に急所を晒す。それは羊であるメロウの、最大の愛情表現だった。

「噛んで……」

肩越しに振り返って切なく懇願すれば、オリヴェルが鋭く息を飲み込んだ。無我夢中でメロウを掻き抱き、丸い臀部に骨盤をぴたりとつけて最奥《さいおう》へ雄を埋め込む。艶のある銀色の尻尾が丸まって、様々な体液で濡れるメロウの太股に絡んだ。

羊の痩身を押さえ込んだ狼は、その白いうなじに牙を当てた。途端に快楽物質がぶわっと噴き出し、頭の中に閃光を走らせる。今までで一番大きな波が押し寄せて、メロウを愉悦の海へとさらった。

「ああああッ……――！」

深い官能に飲み込まれ、メロウはシーツにしがみついて何度目かも分からない絶頂に達した。太股の間で上向く性器からぴゅるっと微かに白濁が漏れる。

オリヴェルを飲み込んだ胎の中が激しく蠕動《ぜんどう》し、たくましい腕が痛いくらいに胸に食い込んでくるのを感じた。メロウの首筋に顔を埋めたオリヴェルがビクビクと腰を震わせる。

「ぐ……ッ！」

掠れた声が耳に触れたと思ったら、オリヴェルを咥え込んだ内壁の浅い部分が、なにかゴロッとしたもので内側から圧迫されるのが分かった。熱い体液が勢い良くメロウの中へ流れ込んでくる。

「あっ、な、なに……？」

うろたえるメロウを腕の中に閉じ込めたまま、ようやく正気を取り戻したオリヴェルが、荒い呼吸の中で「亀頭球《きとうきゅう》だな」と言った。イヌ科の種族にある、精液が漏れないよう蓋をするための瘤《こぶ》らしい。

逃げ場を失った精液が胎の中に溜まり続けているのが分かり、メロウはそっと臍の下を撫でた。

「お腹の中、オリヴェルさんのでいっぱいだ……」

「天真爛漫な分、自覚がないまま男を誘ってしまうのがメロウの恐ろしいところだな」

困ったように眉を下げ、オリヴェルが後ろから頬に唇を寄せた。メロウも後ろに首を捻って、すぐに唇が繋がって互いに深く求め合う。全身がびっしょりと濡れていて、裸の体がオリヴェルとよく馴染んだ。オリヴェルの腹で尻尾が潰されるのが堪らなく気持ちいい。

「……な。マーキングするって言っただろ？」

ふいに羊耳をくすぐった台詞は、かつて第二の人格が口にしたものだ。低く掠れた声や口調も彼そのもので、メロウは驚きに目を瞠る。その反応に、オリヴェルがおかしそうに肩を揺らした。

「メロウはそうやってすぐ過去の私を意識する。妬くと言っているだろう？」

「い、今のはオリヴェルさんが悪いじゃないですかっ」

慌てて言い返すメロウに、オリヴェルが「はははっ」と軽やかな笑い声をあげた。その清々しい笑顔がメロウの胸を打つ。

きっともうオリヴェルは、自分の中に潜む肉食獣の本能に怯え、眠れぬ夜を過ごすことはない。ただの眠り屋であればここでお役御免だった。けれど彼を癒す恋人であり、彼の夢を支える相棒になったメロウは、これからもずっとオリヴェルの隣にいる。

そしてメロウももう、役立たずの眠り屋などと自分を卑下することはない。愛する狼と手を取り合って生きる自分に誇りを持っているから。

希望に満ちた未来を思いメロウが頬をゆるめる中、オリヴェルが角の根元にちゅっと音を立てて口付けた。それからうなじに鼻先を寄せ、手に入れた獲物を確かめるように深く息を吸い込む。

「メロウ。君のすべては私のものだ」

執心の滲む声で紡がれる言葉に、胸がきゅうっと切なくなった。本能を剥き出しにして求められるのが堪らなく嬉しい。心も体も、全部オリヴェルの色に染めてほしい。

「ここにたっぷりと私の匂いをつけたから、他の男になど指一本触れさせるなよ？」

亀頭球によって繋がった下肢を軽く揺さぶられ、オリヴェルの精で濡れた後孔がくちゅりと音を立てた。「当然じゃないですか」と返す間もなく、不埒な手が再び体をまさぐり始め、終わりのない悦楽にメロウは溺れた。

「それでは初回は来週金曜の二十一時に、中央地区のご自宅へおうかがいしますね。僕が必ず、あなたに幸福な眠りをお届けします」

　キラキラとした夏の日差しが窓からこぼれる〈眠り屋・メロウ〉で、メロウは出入口の横に立って退店する客を見送る。

　三十代と思しきジャッカル族の男性は、来店直後に比べ幾分か表情がやわらかくなっていた。いかにも上流階級といった身なりをしているものの、不眠症状の相談に訪れた彼には思いつめた雰囲気があって、衣服の華やかさに顔色が負けてしまっていた。

「あの有名な東地区の魔法使いに話を聞いてもらったら、それだけでなんだか少し安心したよ。今日はいつもよりよく眠れるかもしれない」

「た、たまたま新聞に載る機会があっただけで、僕自身はまだまだ新米魔法使いですけども！　でもちょっとでも気持ちが楽になったのであれば良かったです」

「恥ずかしながら、同じ肉食獣相手だとなかなか弱気な姿を見せられなくてね。けれど東地区にある眠り屋でなら、周囲に同業者の目がない分、心置きなく不安を吐き出すことができたよ。……と、そろそろ乗合馬車が到着する時間だな」

胸元から取り出した懐中時計を確認した男性は、最後にもう一度メロウを振り返った。

「眠りの魔法使いの訪問を楽しみにしているよ。便利な路線を作ってくれた恋人にもお礼を伝えておいてくれ」

悪戯っぽい笑みを見せると、男性は被っていた帽子をひょいと持ち上げて会釈した。メロウも「ありがとうございました！」と深々と頭を下げる。

男性の姿が遠ざかると、メロウは白い肌を赤らめ、ばつの悪さに唇を尖らせた。

「もー……。オリヴェルさんのせいで、妙な部分でまで有名になっちゃったよ」

東地区の広場で起こった事件からもうすぐ一ヵ月が経つ。草食獣の女の子を救うため、獣返りした姿を晒すことさえも厭《いと》わずに奮闘したオリヴェルの勇姿を、各新聞社はこぞって掲載した。

最終的に二人の危機を救ったメロウも、「高等魔法を操る年若き天才魔法使い」……なんて大袈裟なキャッチコピーとともに新聞の一面を飾った。けれどその一文よりも世間を賑わせたのは、オリヴェルとメロウが、肉食獣と草食獣の恋人同士だという事実だった。

そのために事件直後は眠り屋にも記者が殺到したのだが、「主の尻拭いをするのも執事の務めです」と言ってイェリクが対応を手伝ってくれたため、今では以前と変わらない生活を取り戻している。

ちなみにオリヴェルは、

「あれだけ堂々と恋人宣言をしておけば、たとえ今回の件でメロウが有名になっても、ちょっかいをかけてくる者はいないはずだ」

と平然と告げた。草食獣差別をする伯爵に立ち向かう狼の英雄――と草食獣界隈を中心に持てはやされているオリヴェルが、実はこれほど独占欲にまみれた男だとは、彼の従者やメロウの他は知る由もないだろう。

先ほどの客は無事に乗車できただろうか……と停車場があるほうを眺めていると、メロウの後ろから石畳を走る車輪の音が聞こえてきた。予想とは逆方向から馬車がやってきたのかと、不思議に思って振り返ったメロウは、ダークブラウンの車体を認めた途端目を丸くする。

御者席で軽く手を上げたウマ族の男性はラーシュだ。眠り屋の前で停まった馬車からイェリクが降りてきて、それに続いて先ほど話題にあがった男が姿を現す。

華やかな衣服に身を包んだ美貌の狼は、手に小ぶりな花束を持っていた。

「こんにちは、眠りの魔法使いさん。肉食獣を熱心に見つめていたが、あれが君の恋人かな？　うーん、君にはもっと素敵な男がいると思うんだが……例えば私なんてどうだろう？」

冗談めかした調子で口説き、オリヴェルが白色でまとめられた花束を差し出した。クラフト紙とラフィアの包装はシンプルだが温かみがあって、中央地区の花屋で購入したのではなく、彼に仕える庭師が丁寧に包んでくれたのだろうと想像できた。

メロウは片眉を上げて呆れ顔をしながらも、素直に花束を受け取った。

「すぐそうやって僕をからかうんだから。でもせっかくだからお花はもらってあげます。オリヴェルさんのお庭で育てたお花ですか？」

「ああ、庭師が丹精込めて世話をしてくれたおかげで綺麗に咲いた。メロウに見せたいと言ったら喜んで準備してくれたよ」

花束はつんと尖った三枚の花びらが特徴の、愛らしい白い花をメインに据えていた。その中にさらに小さな花らしき姿が見える。

「ブーゲンビリアという花でね。花びらに見える部分は、実は苞《ほう》と呼ばれる小型の葉なんだ。本物の花はこちらの小さなほうなんだよ。面白いだろう？」

クラフト紙の中を指差して説明するオリヴェルは優しい目をしていて、メロウも思わず口許を綻ばせた。その視線に気づいたオリヴェルが「どうした？」と首を傾げる。

「なんだか前のオリヴェルさんみたいな花だなって思って」

花のように美しい葉をまといながら、本当の自分は内側に隠している。けれど本体がどの部分だとしても、太陽に向かって凜と背を伸ばす姿が美しいことに変わりはない。

新聞を賑わせた二人を、通りを歩く草食獣がちらちらと見ていた。メロウが以前中央地区のカフェに行った際は、嘲笑と侮蔑の眼差しを向けられた。オリヴェルが東地区を歩いた際は、困惑の視線を浴びた。

けれど今メロウたちに向けられているのは、微笑ましいものでも見るかのような温かな目だ。いずれは中央地区でも同じような状況に変わるだろうとメロウは確信している。眠り屋のメロウが中央地区に出入りすることも、そう珍しい光景ではなくなってきたのだから。

「ブーゲンビリアの花言葉は『あなたしか見えない』ですから、オリヴェル様からアーネル様へお贈りするのに最適な花かと思います。まあ『前の』オリヴェル様ということですが」

そばに控えていたイェリクがオリヴェルを喜ばせる発言をしたかと思えば、最後にさりげなくチクリと刺す。人格統合後のオリヴェルが以前よりも飄々とした印象のたくましい男になったからか、イェリクの主に対する態度は少しばかり遠慮がなくなった。

けれどそれはオリヴェルが望んでいた友人関係の形に近いのではないかとメロウは思う。涼しい顔でオリヴェルを揶揄するイェリクはどこか楽しげに見えた。

「なんだ。私は今もブーゲンビリアの花言葉にぴったりな男だろう？」

イェリクとメロウの顔を交互に見て、心外だとばかりにオリヴェルが眉を寄せた。狼耳を伏せる姿がおかしくて、メロウの腰で尻尾が勝手に揺れる。

「今のオリヴェルさんはもう花の部分を間違えようがない、どんと構えた存在ですよ」

理性も本能もすべて自分の一部として受け入れた心優しい狼は、メロウの隣で今、大輪の花を咲かせている。メロウとともに未来を見つめる、太陽のような力強い花を。

あとがき

初めまして、もしくはこんにちは。ＳＮＳのアイコンを山羊《やぎ》のキャラクターにしている村崎樹《むらさきたつる》です。自分で描いたイラストなのですが、一度竜《りゅう》と間違えられました。山羊に角が生えていたからであって、画力の問題ではないと思いたいところです。

今回刊行していただいた「眠り屋羊《ひつじ》は狼《おおかみ》貴公子の閨《ねや》で恋をする」は山羊……ではなく、羊を主人公にしたほんわかファンタジーになりました。

前作では空飛ぶ羊が登場しましたが、今回は眠りの魔法を使う羊が主人公で、我ながら「羊好きだな！」と思いました。動物園よりも牧場にテンションが上がるタイプなので、馬も牛も山羊も好きです。可愛《かわい》いぞ偶蹄目《ぐうていもく》！

受けが羊なら攻めは狼で決まりだろう！　と妄想し、狼獣人といえば満月の夜に豹変するのがお約束だ！　とプロットを練り始めたのですが、どんな風に豹変させようかとこねくり回した末に二重人格の狼に落ち着きました。気づけば満月はどこかに消えておりました（笑）。

そんなわけで、動物たちが魔法を駆使して生活するメルヘンチックなお話として動き出した今作ですが、ほんわかした世界観のわりに思いがけずわたしの頭を悩ませました。

【悩みポイントその１】
メロウが今まであまり書いたことがないタイプの受けだった。
【悩みポイントその２】
オリヴェルの第二人格の立ち位置をどうするか問題にぶつかる。

その１については、健気《けなげ》なピュア系僕っ子受けを書いた経験がほとんどなかったため、メロウの一挙一動に「可愛く書けてる？　大丈夫？」と不安を抱き、かなり早い段階から書き手あるあるの〈この話本当に面白いのか病〉を患いました。ちなみに今回は患う時期が早かっただけで、中盤を執筆する頃には毎度「誰か『大丈夫！　面白く書けてるから自信持って！』と言ってくれ〜〜〜！」と頭を抱えています。

その２については、第二人格は主人格の恋を応援する兄貴分なのか？　それともメロウを巡る恋のライバルなのか？　とウンウン唸《うな》り、「どっちの人格も読者さんに好きになってほしいなあ」という思いで現在の形に落ち着きました。主人格も第二の人格もわたしはお気に入りなのですが、いかがでしたでしょうか。

いつも以上にメイン二人のことをたくさん考えた分、執筆を終える頃には、メロウもオリヴェルも生き生きと動き回るキャラクターになってくれたんじゃないかなと思っています。今後もイェリクやラーシュに見守られながら、互いの街を行き来して楽しく暮らしていくことでしょう。

素晴らしいイラストを描いていただいた小禄《ころく》先生には、心より感謝申し上げます。可愛らしい尻尾《しっぽ》と羊耳を生《は》やした可憐なメロウのイラストを拝見した瞬間、「苦労したけど、この子のお話を書けて良かった」と感慨深い気持ちになりました。オリヴェルも主人格のときは麗《うるわ》しく、第二人格のときは男前な、一人で二度おいしい攻めにしていただきました。

担当編集T様には今回もたくさん助けていただきました。気を抜くとすぐに地味な作品に仕上がりそうになるわたしの手綱《たづな》をうまい具合に握り、小説に華やかさを加えてくださるT様にはいつも頭が上がりません。どうもありがとうございました。

そして最後に、この本を手に取ってくださった皆様に心よりお礼を申し上げます。うまくいかないことがあって落ち込んだ日や、疲れてしまった夜に、メロウの魔法と彼に寄り添うオリヴェルの愛情によって、少しでも癒《いや》しをお届けできていたら幸いです。

編集部にご感想などいただけましたら、「楽しんでいただけるかな!?」と悩みに悩んでいた執筆時のわたしが報われます！　ので、何卒よろしくお願いします。

それでは、またどこかでお会いする機会があることを祈りまして。

二〇二二年八月　村崎樹

この本を読んでの
ご意見・ご感想を
お寄せ下さい。

〒151-0051
東京都渋谷区千駄ヶ谷4-9-7
(株)幻冬舎コミックス　リンクス編集部
「村《むら》崎《さき》 樹《たつる》先生」係／「小《こ》禄《ろく》先生」係

リンクス ロマンス

眠り屋羊は狼貴公子の閨で恋をする

2022年9月30日　第1刷発行

著者……………村《むら》崎《さき》 樹《たつる》

発行人…………石原正康

発行元…………株式会社　幻冬舎コミックス
〒151-0051　東京都渋谷区千駄ヶ谷4-9-7
TEL 03-5411-6431（編集）

発売元…………株式会社　幻冬舎
〒151-0051　東京都渋谷区千駄ヶ谷4-9-7
TEL 03-5411-6222（営業）
振替00120-8-767643

印刷・製本所…株式会社　光邦

検印廃止

ISBN978-4-344-85119-1 C0293
Printed in Japan

幻冬舎コミックスホームページ　https://www.gentosha-comics.net